MAITREYA

NUEVA NARRATIVA HISPÁNICA

SEIX BARRAL

BARCELONA • CARACAS • MÉXICO

SEVERO SARDUY

Maitreya

Cubierta: △TRIANGLE

Primera edición: octubre de 1978
Segunda edición: diciembre de 1981

© 1978 y 1981: Severo Sarduy

Derechos exclusivos de edición en castellano
reservados para todo el mundo:
© 1978: Editorial Seix Barral, S. A.
Tambor del Bruc, 10 - Sant Joan Despí (Barcelona)

ISBN: 84 - 322 - 1378 - 0
Depósito Legal: B. 42068 - 1981

Printed in Spain

A
MAITREYA

Renacer en presencia de Maitreya, el Buda futuro, es el mayor deseo de muchos tibetanos y
mogoles; la inscripción "¡Ven, Maitreya, ven!",
en las rocas de numerosas montañas, da testimonio de ello.

Buddhist Scriptures,
traducción al inglés de Edward Conze.

I

II

I

En la muerte del Maestro

UN LAMA engurruñado y feo, el manto mal colgado sobre un pull-over, asomó por la rendija unas greñas negras mezcladas con pelo de yak, y un ojo que se apretó como para mirar en una gruta.

Empujó la puerta. Al chirrido de las tabletas desvencijadas el durmiente dio media vuelta furiosa y con las manos tiró de la frazada como para protegerse de una tempestad de arena.

Después de las greñas, y del radar de murciélago, fue una mano lo que apareció: el movimiento del índice era tan regular como si lo controlara un hilo.

Con soltura circense el lirón esbozó una voltereta: ¿esquivaba la acometida de un pajarraco de pico afilado, o cabeceaba contra la fuerza del oleaje? Emitió en el salto ensabanado un ronquido amenazador, seguido de gruñidos breves, de gato campestre cuando se le acercan con olores etílicos.

La jiribilla de la rendija, queriendo transmitir un mensaje con destino a lo inerte, cifrar escarabajos en el basalto, y diferir aquel empecinado son et lumière, como repudiaba cualquier alarido —la voz: una emanación roja y atomizada del cuerpo, vaso que protegía de toda violencia—, no atinó a más que dar un chancletazo de solar, redoblado de palmada seca, que sonó en el cubículo como un disparo.

De un golpe y sin tropiezo —el borde del sueño fue el de una flecha; su cuerpo, un blanco de lata—, el mónaco aletargado quedó en pie y en equilibrio estable. Rígido, las manos unidas en un saludo reverente, profirió un tropeloso mani, sin saber a ciencia cierta si lo dirigía a un superior lamaico ofuscado por un cabeceo en medio del Saludo a la aurora, a un mono sanguinario que le agarraba un dedo y se lo mordía, o, poco después de la muerte, a la manifestación odiosa de Avalokitechvara, miriápodo y colérico, en una aureola de llamas negras, de un collar de cabezas chupando coágulos.

Un calzoncillo flojo de elástico, y de limpieza intermitente, le dejaba adivinar los coxales puntiagudos y, blandote bajo una mancha de almidón, un miembro apacible y doblado a la izquierda.

—¿Qué pasa? —articuló sin fallos, listo a buscar cubos de agua para aplacar un incendio, o a recoger los tankas más valiosos, abandonando al invasor, como burla final y acertijo, las imitaciones, con ranas en lugar de dakinis, pintadas ad hoc para humillarlo.

—Apúrate —le empetó el visitante—: está listo para darle a la rueda un cuarto de vuelta.

El recién levantado se frotó los ojos. De encima de un cofre de madera del tamaño de un baúl de sal, con caracoles pintados en la tapa, agarró un trapo largo y zurcido, desigualmente bermellón, que se tiró encima y se anudó a la cintura con un cáñamo.

No cerraron la puerta.

Caminaron a lo largo de un pasillo angosto y crujiente; un ventanal lo abría al paisaje brumoso de la mañana. Vigas de madera negra, horcones de antiguos palacios abandonados al viento, o al bricollage insaciable de los monos, y hasta pedazos carcomidos de olvidables estatuas lo apuntalaban, encajados en la roca, sobre el vacío. Un toldo de fibras, enrollado y sujeto con sogas, lo protegía de los pájaros durante la nidada, siempre de la nieve.

Tan atolondrado como el primero, otros dos monjes se unieron al heraldo; lo siguieron dando tropezones, que deploraban con chasquidos de lengua, y hasta con gestos bruscos y palabrotas mal disimuladas.

Subieron por unos peldaños irregulares y desgastados, excavados en la roca, hasta llegar a una puerta de madera: dos ojos almendrados vigilaban bajo espesas cejas de oro perfectamente incurvadas y simétricas, un mismo trazo irregular y rápido. Pupilas de añil, más claras en los bordes. Sobre las cejas, y en la depresión que las unía, un óvalo ahuecado en las vetas, rojo. Ni nariz ni boca; tampoco cerradura.

Empujaron con cuidado, como temiendo despertar a un pekinés que durmiera junto al umbral.

Era una sala sin muebles ni ornamento alguno, espaciosa y tibia. La escasa luz de unas lamparitas de aceite, que temblaban entre montículos de arroz, dos pozuelos de té, un pilón, un tintero y un estuche de cálamos, no alcanzaba a dispersar la penumbra. O sí: según la mirada se acostumbraba iba definiendo, apilados en un ángulo, como en vísperas de una invasión de polillas o de una mudada, muebles viejos, laqueados en negro, cojines de hilos brillantes y figuras de madera apiladas unas sobre otras, envueltas en esteras o en periódicos nepaleses sujetados por esparadrapos. En el parpadeo de las lámparas esplendían por instantes —flores de loto, nubes, hexágonos— los motivos de oro de algunos tankas aún desenrrollados, o tirados de prisa sobre los muebles, zafados, rotos.

Recostados a la pared, como estandartes o banderolas para un entronizamiento, aunque en hilachas y descoloridas, flotaban imágenes pintadas, herencia de antiguos monasterios, que los monjes habían conservado de guía a discípulo a lo largo del tiempo, como una misma pregunta repetida desde la nieve hasta la nieve. Debajo de esos estandartes, y dispuestos en retazos de otros, quedaban dos cráneos diminutos, engarzados en monturas de plata, como grandes perlas irregulares, un fémur brillante, campanillas de bronce, un cetro-rayo. Sobre los trapos blancos de hebras plateadas, en sedas y huesos, la luz mortecina de las mechas prodigaba resplandores tenues, fugaces tachonazos amarillos.

Sigilosos, apretados unos a otros, como animales chinos en vísperas de un terremoto, los cuatro monjes entraron a la habitación contigua: donde moría el maestro.

La cabeza apoyada sobre sus propias manos juntas, sonriente, en un lecho de piedra el guía expiraba. En pliegues regulares, de ondas abiertas, su manto caía y se fundía con los de los monjes recogidos, como si una misma tela espesa, cinabrio plegado, envolviera a la congregación bajo el muriente. Un joven lama le daba de beber en un jarro liso, sin adornos ni asa; otro le besaba los pies.

Se oyeron lejos, truenos o derrumbes de piedra, las trompetas matinales de otro monasterio, más alto en la montaña. Antes de la lluvia o en días claros, se divisaba, junto a los farallones azules, la armadura maciza de los edificios, el muro que las cerraba. La gran estupa blanca se confundía con la nieve.

Bajo el drapeado los monjes se acurrucaban. Afuera: pájaros; más lejos, atravesando el valle, o subiendo en busca de pasto, un rebaño de yaks. Giró uno de los grandes molinos de plegaria. Alguien sollozaba.

El agonizante lo contempló, fingiendo enojo, y, con apremio, como si resolviera una adivinanza, o entreviera la respuesta a un enigma informulado, suspendido en el aire, declaró, resuelto:

—Soñé con el mar.

Silencio atravesado por crujidos breves, los de un ár-

20

bol gigante, en el mediodía indio, hojas sacudidas por los monos.

Con voz más baja, y sin resuello:

—Junto a las geometrías de un mandala, que se desmoronan devoradas por dos tipos de hongo, cerca de un arroyuelo: allí renaceré. Me encontrarán en el agua, con los ojos cerrados. Seré el Instructor. Un arcoiris de anchas franjas me rodeará los pies.

Del monasterio alto, fragmentadas por las aristas, vibraciones sordas: grandes tambores que golpeaban con rabia: exigían de las divinidades tutelares rosadas que diseminaran granizo al paso de los invasores.

A los cejijuntos jeremiqueantes:

—A qué tanta contricción. He visto con claridad mi nuevo nacimiento. El Bardo está cada día más corto. Por otra parte, afligidos, poco tardarán en ir a buscarme. El momento de la gran mudada se acerca. Banderas quemadas, lechada roja sobre los frescos milenarios. Harán creer que sobre esos cráneos de niño, presos en los cimientos, levantábamos nuestros monasterios, que en ellos bebíamos semen, opio y sangre. La muerte, monitos, no forma parte de la vida, sino al revés: surgimos de lo increado, un abrir y cerrar de ojos, volvemos a él. Lo demás son dibujitos sobre seda, por otra parte, y sin ofender la pericia plástica de los presentes, siempre iguales. No veréis mucho más el biombo coreano apagándose: el sol en los puntales repujados de los aleros, garzas y grullas, ni el arroz teñido de rojo en la frente de las muchachas de fiesta. ¡Al sur, antes de que lleguen los nórdicos amostazados!

Su respiración se fue espaciando. El lama que le besaba los pies lo sintió primero, y con un movimiento de cabeza, como si asintiera, lo anunció a los otros: un frío reconocible lo iba ganando. Los puntos idóneos confirmaron su progresión por el cuerpo, hasta la base de la nariz, donde se encarama un hombrecito azulado.

Subrayados por un sonido uniforme —con una varilla de metal seguían el borde bruñido de una campana— emprendieron, gritada al oído del transeúnte, la lectura de los últimos consejos: que supiera bien claro que todo lo que iba a ver, aun lo más intenso en color, lo más presente y palpable, y hasta, si llegaba al final de ese intermedio, una luz inmaterial y blanca, no era más que una proyección engatusante de la parte más baja de su cerebro, tan esmerada y falaz como la que sirve de pantalla a la vida, y tan carente de realidad como ella.

—El vacío es la forma. La forma es el vacío... Para que se entretengan durante años—. Otorgó a esa frase, y a los dolientes desencajados, su último soplo. Y, sin más, se adentró en la fijeza.

Dos días después, extenuados por la complejidad y el estruendo de los ritos, que habían seguido escrupulosamente, bajo un banderín vertical cosido a un junco y con una misma efigie roja acuñada a todo lo largo, lo quemaron cerca de un precipicio.

Cuando la hoguera se consumió y quedaron entre las brasas, desnudos y pulidos, los huesos, entonces, en un tapiz de lana blanca, sin perturbar su orden, como si temieran romperlos, los recogieron con cuidado.

Cada uno por una punta, concluido el oficio, suspendieron el rectángulo tejido. Lo balancearon. Primero lentamente, como para tamizar o sacudir. Con voces atávicas o fañosas, ancestros malévolos, máscaras de pajarracos pintarrajeados, rememoraron conjuros tántricos. Luego, agitando tres veces el tapiz, poseídos o aparatosos, lanzaron la osamenta al vacío.

Los restos subieron primero a igual nivel, girando rápidamente sobre sí mismos, homóplato-bumerang blanco, hasta la altura de un granero, o de un chörten de piedras apiladas; quedaron un instante suspendidos sobre el vacío, fijos, como una banda de pájaros boreales ante un peligro; luego iniciaron a distintas alturas, según su peso, un descenso lento. La cabeza, como un planeta desorbitado que al caer volviera al estado de lava, de cal o de nácar, en un despliegue helicoidal y luminoso, quedó convertida en una concha marina, tornasolada y gigante.

La cabeza, como un planeta arrancado a su ley que al caer volviera al estado de lava, de cal o de nácar, en un despliegue helicoidal y luminoso, quedó convertida en una concha marina que soplada por el aire, emitía un sonido invariable y sordo, vibración carbonizada de un estampido remoto. Un sonido que fue tornando hacia lo grave, hasta que, seguido por una lluvia de cartílagos, granizos roncos, se apagó en el círculo de un OM.

Regresaron hambrientos.

Esa misma noche dejaron de pronunciar su nombre.

Poco durmieron. Renovadas las vigilantes lamparillas, y cumplidas con desgano las recitaciones, sin que lo delataran los animales, alguien, como si quisiera derrumbarlo con una hoz, comenzó a golpear el portón de la entrada.

No acudieron todos. Los más jóvenes, ariscos, prefirieron espiar por las ventanas; los hubo que, temiendo cuatreros, brigantes, indios con escopetas, ladrones de sal y hasta el yeti, huyeron desaforados a las rápitas, que nadie abría desde las fiestas de fumigación, y allí quedaron irrespirantes y bloqueados, entre viejas monturas, sombreros zurcidos y antiguos trajes de ceremonia ya desvaídos y churrosos, que los monjes, para obedecer a la sutra "que todos los animales sean felices", ofrecían anualmente a las polillas.

Creyeron que algún novicio distraído, o extraviado en la montaña buscando flores alpinas, había errado el crepúsculo.

Lucubrando amenazas excesivas, como encarnaciones leprosas o porcinas, y regaños abochornantes, el mayor de los monjes liberó las aldabas:

Olía y vestía como ellos —tsampa de más de ocho días y bermellón mugriento. Le acercaron una lámpara a la cara. No lo conocían.

La luz empañada y aceitosa, que el viento sacudía, dispersó en el rojo polvoriento manchones huidizos, como peces bajo una farola. Boca muy abierta y blanca. Máscara con cejas humanas: trataba de articular, emitía sonidos animales o huraños, o —aseguró uno de los indignados— en un dialecto que no era tibetano. Se apuntaba los pies.

Bajaron el farol hasta el suelo. Filtrada por las ramas de un baniano, la luna blanquea la estera donde duermen, enturbantados, los aradores de un cañaveral: la luz amarilla de las mechas, a través del vaso esmerilado, encenizó el manto del mudo.

Levantándolo por los brazos lograron llevarlo a la cocina. Lo sentaron en un saco de alpiste. Le dieron té. Con un cazamoscas chino comenzaron a echarle fresco. Le desataron las botas: entre los cordones, coágulos. El cuero de las suelas se adhería a la planta rajada, como una costra.

—El mensaje de Sakiamuni —prorrumpió entre aho-

24

gos y silbidos bronquiales, mientras le subían los pies a una silla—, ha cumplido su órbita. Como la noche sobre el mandala, se acerca el tiempo de Maitreya.

Y, con jadeos asmáticos y manifiesta irreverencia:

—Quiero comer carne.

Mostró el jarro de té vacío.

—Los antiguos supieron volar. Podían desnudarse; sentían tanto calor que llegaban sudando después de atravesar un lago congelado. Seguían una misma conversación a lo largo de encarnaciones sucesivas.

Y, sin transición:

—Recojan los matules. Rompieron todo lo de papel; lo de metal, lo cargaron en una vagoneta. Pegaron avisos en los muros. Representaron un paso laico: mujeres y armas en escena. Dieron candela.

Del monasterio alto —¿oficiaban a deshora? ¿celebraban divinidades insomnes, guardianes maullantes del templo?— llegaron, primero dispersos, tamizados por el viento, como detrás de la jungla, y luego más nítidos, varios estampidos breves, tablones cayendo, troncos que rodaran ladera abajo. No: el recién llegado los reconoció en seguida: eran disparos de fusiles chinos.

Una hora más tarde abreviaron por primera vez, y celebraron por última, la Bienvenida a las divinidades volantes tutoras de la mañana. Quedaron todos escrutándose los pies, miedo a moverse, cuando del eco de los mantras, toses, carraspeos, campanillas rodando, el cimbalero autoritario marcó el final, y las emanaciones del cobre en el aire se fueron empañando, hasta apagarse.

—¿Decimos algo —preguntó, contrito, el más joven— o no decimos nada?

El lama que estaba a su lado, como respuesta, se inclinó para echarse un bulto a la espalda, pasándose por la frente una de las bandas que lo anudaban.

25

Un ajetreo subterráneo vino a sobresaltarlos: eran los aguerridos trapenses que, viendo que nada sucedía, abandonaban la tercera zona de la rueda —distrito de los animales bienaventurados— y, tirando la compuerta a cada surgimiento, aparecían jubilosos, marmotas sacudiéndose la escarcha, a ras de tierra.

Se vistieron todos de alpinistas, o de labriegos. En canastos de mimbre amontonaron a la carrera los objetos que desde hacía tiempo envolvían en periódicos y esparadrapos, o disimulaban entre dos esteras. Recurrieron a la adivinación para determinar el momento preciso y la dirección del viaje:

alba

sur

buscando río

hacia la montaña

Recogieron de paso algunos animales.
Tres días, a través de la nieve.
Encontraron otros refugiados.

Té. Fatiga. Sueño.
Los seguía una banda de pájaros.

El Instructor

DOS TIGRES de yeso pintado, ojos de cebolla, grandes colmillos, vigilaban la entrada posterior del templo. Había que saltar sobre un tabique laqueado rojo. Un pasillo oscuro, con lamparones de antiguos frescos ojos rasgados, banderines y cazamoscas, una orquídea, los pliegues concéntricos de un mentón— conducía hasta el patio que rodeaban cuartos en penumbra, repletos de cestos de mimbre y jarrones grises, de barro cuarteado. Pegados a las mesas cubiertas de pinceles y cuños, en camisetas churrosas, meditaban, la cabeza entre las manos, ancianos huesudos, de lacias barbas brillantes. Un chino regordete y guasón, en una silla recostada a la pared, se tomaba una cerveza a la entrada de uno de los cuchitriles; a su lado otro se reía, señalando, junto a un pozo, una gran pinga de cemento.

Detrás de ese patio, y al fondo de un pasadizo con ropa tendida, se abría una vasta nave de vigas negras; caían del cielo raso grandes lámparas de papel rosado impreso con búcaros y conchas, cintas de colores y guirnaldas escritas. Afuera se oían los timbres de los cochecitos tirados por bicicletas. Entre banderolas y castillos de celofán con varitas de incienso encajadas, torres de cartón y guardianes con cara de liebre, se extendía una pantalla de tela granulosa: en ella gesticulaban, daban saltos y zapatazos sombras caladas, figurillas de patas endebles y temblorosas, de pelícano asustado, los brazos larguísimos, articulados en ángulo recto, dedillos de

29

puntas afiladas, siempre moviéndose; nariz recta y fina, cuerno labrado en la cabeza. Un racimo de cimbalillos alebretados y algunos tamborines que cabían en el hueco de la mano, anunciaban los saltos sobre una uña de pie de las filigranas negras, volando entre dos varillas, de perfil, insertas en los nervios de una hoja.

Detrás de la pantalla, y de los atareados titiriteros, esperaban, convulsos y dorados, blandiendo enormes sables curvos, los dioses de caras escarlatas y sus compañeras blanquísimas, cáscara de huevo, furiosos, gruñendo, montados sobre animales bigotudos, ojos sapoides, que un acólito envaselinado retocaba con un pincel de pelo de conejo. Junto a ellos, dos viejas tendinosas y amarillas como sibilas sulfuradas, las hermanas Leng, en una gran palangana de plástico, siete colores fluorescentes, y salpicando adrede las figuras, bañaban a un niño que apretaba los ojos para que no le cayera jabón.

Luego, en un rincón de la nave, con harapos cremosos. apretando las pupilas, acezantes y expertas como gatos desenterrando huesos de pájaros, alisaban con una regla un envoltorio de sábanas sucias. No: con tabletas de sándalo en forma de cuchillo raspaban, de un cadáver, las viruelas; con una lima, le desgastaban los dientes; sobre los párpados duros, le pegaban círculos de metal con cuadrados vacíos en el centro: brotaba abultada la piel, entre ideogramas verdosos. Caían al suelo las postillas arrancadas, y alrededor de la boca, la arenilla blancuzca que soltaban los dientes; una aureola ceniza rodeaba los labios, como de polvo de arroz: la rayaban las pulseras de las viejas, enganches de garras de tato.

Se oían a lo lejos, funerarias, unas flautillas: la orquesta Aragón.

El infante enjabonado sacó el pie derecho fuera de la palangana; exprimía en la mano una esponja esférica, de grandes poros; chorreaba un líquido espeso: tan lento caía que en él se reflejaban, como en azogue, estiradísimos, los mantos purpúreos de los dioses, sus coronas de frutas plateadas, las pulseras ponzoñosas de las viejas.

—Todo iba muy bien aquí —recitó con los brazos pegados a los muslos, puños cerrados, rígido como un salvaje ante una cámara— hasta que llegaron los hombres con pelo en el cuerpo.

Y, mientras las viejas le daban más jabón, añadió:

—Soy el que trae una estupa en la cabeza.

Con dos cubos vacíos, una de las mujeres se volvió hacia el fondo de la sala. Junto al altar, cuidadosa, con el pie derecho empujó la puerta: a lo largo de una galería abovedada se alineaban, en tronos apoyados a la pared y hasta perderse de vista, idénticas estatuas doradas: budas endebles de orejas largas. Una gran pizarra interrumpía la sucesión: en ella, y sobre un dibujo del cuerpo humano visto como un árbol de ramas ortogonales y hojas escritas, un monje de espejuelos gruesos y manto anaranjado señalaba con un puntero los pétalos más altos. Desde los pupitres un coro cantado le respondía, deletreando nombres sánscritos.

La provecta volvió con los baldes llenos, le dio un último enjuague y con un trapo comenzó a frotarlo, como si quisiera sacarle brillo:

—Mucho que al Buda le han ofrecido ustedes sombrillas —declaró mientras lo pulían—, estandartes, banderas, perfumes, guirnaldas y ungüentos, y en sus altares puesto sándalo o azafrán; mucho que le han dado a esos monjes estudiosos regalos, ropa, comida y medicinas, y hasta a ese misionero tolosano siempre en pull-over blanco que toma notas entre ellos, para que merezcan estar aquí y oírme.

—Al principio —y con un gesto detuvo a las Leng que,

31

contrariadas, dejaron de frotar—, creí que bastaban las noticias de astronomía, la sorpresa de las explosiones, para crear en la mente, por un instante, el vacío, como esos japoneses barbudos dando bastonazos y rompiendo búcaros. Comprendo ahora que tales magnitudes, para una cabecita de pájaro, son como el viento...

—Me llevaron al río. Me metieron de cabeza en el agua. Con la mano firme sobre la nuca me hundían. Me ahogaba. Abría y cerraba la boca como un pez en seco. Daba manotazos. Ya no veía dónde hundía la cabeza. Iba a caer desplomado; entonces me liberaron: "cuando necesites la extinción del deseo como has necesitado el aire..."

—Ni preguntas ni respuestas daré pues, ni ejercicio alguno, sólo indicaciones, como para clavar en un tronco de plátano figurillas de cuero, sugerencias de puesta en escena.

—Ésta es la última vez que nazco. No volveré más, but all pure, I shall go, from here, to Nirvana.

Recortado por la puerta negra del pasadizo, sobre el patio espejeaba un cielo gris plateado, de tormenta; lo atravesaban relámpagos y garzas.

Junto al tabique rojo, sobre una motoneta, sonreían dos muchachas de pelo lacio, muy negro, punto rojo en la frente.

Era de noche. En una cabaña tambaleante, que cercaba una empalizada de bambú, varios muchachos con uniformes verdes, comían vegetales fritos, camarones y fideos. Nos miraban. Oían la radio javanesa.

32

Amable lector:

Esta tarjeta que Vd. ha encontrado en SU LIBRO, LE DA DERECHO a recibir información completa y detallada sobre:

1

- ☐ Literatura española e Hispanoamericana
- ☐ Novela extranjera
- ☐ Ensayo y crítica

2

- ☐ Historia   ☐ Política
- ☐ Filosofía, Psicología, Pedagogía
- ☐ Sociología, Antropología

3

- ☐ Derecho   ☐ Economía
- ☐ Economía de Empresa

4

- ☐ Geografía
- ☐ Ciencias y Técnica

5

- ☐ Información periódica de Novedades.

SOLICITELAS

ESTARAN SIEMPRE A SU DISPOSICION.   Gracias

REMITENTE

☐1 ☐2 ☐3 ☐4 ☐5

Nombre ....

Apellidos ....

Profesión ....

Dirección ....

Población ....Dto. Postal.........

Telf. ....Prov. ....

Nación ....

Rogamos ESCRIBAN EN LETRA DE IMPRENTA O A MAQUINA

En la zarza, tres chozas de hojas de palma. Junto a un pozuelo de cobre, tres ascetas desnudos meditaban. Detrás, la carretera, un autobús con gente colgando de las ventanas, un auto.

A lo largo de la playa, un hombre con un farol se alejaba. Mancha amarilla sobre la arena. Sombra de los pies rápidos.

Tantos eran los cocuyos que, como el cielo, la yerba parpadeaba.

Las pesquisas astrológicas de los exilados, rastreando la reencarnación del maestro, no dieron tregua. Nostálgicos de nieve, olor a plasta de yak, poluciones nocturnas y té sin sobrecitos, maltrataron los preceptos moderadores del Gran Vehículo, agarrados día y noche a los manteles adivinatorios, que para más eficacia agitaban como si les sacudieran migajas.

Tanta abnegación mántica los condujo, es verdad, y sin fallos, aunque a lo largo de algunas noches sin noche y un día en tren de carga, entre contrabandistas de amuletos.

Una arquitectura de geometrías concéntricas, que en vistas aéreas aparecía como un mandala, les sirvió de punto de partida; se desmoronaban, en efecto, en medio de la jungla, los muros, devorados por mazamorras: una blanca, leche reseca, y otra microscópica y verdosa. Peritos de occidente, llegados en helicóptero con pulverizadores antifúngicos, numeraban una por una las piedras leprosas para, una vez descostradas, ensamblarlas de nuevo, dentro de un siglo.

En cuanto a las otras pistas del maestro, carecieron los cinco —autonombrados Comisión Experta en Metempsícosis—, de audacia metafórica: llegados a la reserva del templo, entre los eruditos de madera, detrás de una pantalla chinchosa para proyectar sombras javanesas, se preguntaron todos para qué tantos colores chillones en una palangana.

34

Cuando por fin, hartos de codazos y de tumbar figurones por el suelo, iban a regresar hasta el patio, del otro lado, al final de un pasillo húmedo y garabateado, apareció, sujetándose una trenza canosa y con un tazón sin asa en la mano, enconada y revulsiva, como siempre a esas horas de la mañana, una de las viejas.

La emprendieron con tal ímpetu los comisarios, abriendo de sopetón una carpeta, que la senecta ripostó:

—Es inútil, si tratan de venderme alguna póliza. Conozco de sobra las usurerías de los seguros.

Vivir para ver: emprendieron al día siguiente, madrugando todos, las pruebas materiales de la transmigración.

Sentados alrededor del supuesto encarnado —que forzaron, no se sabe por qué, a un desmayado ayuno—, frotándose los ojos y bostezantes, le presentaron, para que escogiera, varios pares de bonetes, bastones y rosarios —un objeto de cada par había pertenecido al maestro. Luego, sobre un paño bordado —se mordían la cola, en hilos de colores, un cerdo, una serpiente y un gallo—, dispersaron doce campanillas y rayos-diamante, para que señalara la pareja con que, en su mandato anterior, había oficiado. Finalmente, se le recitó, a todo galillo y de corrido, el comienzo de las Cuatro Nobles Verdades:

—Siga solo —se interrumpió de pronto el vociferante.

Cuando vieron que el examinado no se limitaba a responder, sino que se adelantaba, burlón, a las pruebas, que consideraba como farsas, y a las preguntas, que contestaba como adivinanzas, le entregaron el cordón de protección sagrada (sungdü) y la estola tradicional (khata), que anudó, jaranero, del modo prescrito, al cuello del más viejo de los examinadores.

—¿Para qué atosigarme con más tests? —protestó—.

Conozco de sobra los cincuenta y un modelos de pensamiento.

—Quiero continuar la conversación que dejé interrumpida con mi amigo el abate supremo del monasterio de Surmang, y que sostenemos desde hace once generaciones. Me debe dos gallinas.

—Éste no será un brahmán corriente —afirmaron los doctos—, ni un oscuro funcionario de los sacrificios, ni un ávido comerciante de fórmulas mágicas, ni tampoco un orador vano y vacío o un sacerdote malicioso. Sin embargo, tampoco será una mansa y estúpida oveja entre la masa del rebaño.

Cuando las Leng, que asistían a la afanosa encuesta, enfundadas en sus miopías y en sus cilíndricos faldones grises de lino, cada vez más cejijuntas y ojerosas, se percataron de que aquel atorrante diálogo destinaba al infante a ocupar, dios sabe en qué apeadero tibetano, un trono con tres cojines recubiertos por bandas de brocado, ante una colección de cuños y documentos oficiales, y a ellas a lavar mantos orinados, cocinar arroz amarillo en las fiestas, servir de brujas en las representaciones rituales y recoger cagajos para calentarse en invierno, decidieron reunirse en el sótano y de urgencia, para "considerar con objetividad —separaron en sílabas esta palabra— la situación, y programar el futuro en función de sus contradicciones secundarias" —otro deletreo.

Así fue: en unos minutos de penetrante análisis, decidieron pasar a la praxis: desaparecer inmediatamente al objeto de tanta codicia, envenenando, si necesario, con estricnina espolvoreada sobre turrones de alicante, a los atosigantes delegados, y barnizando sus cadáveres, una vez tiesos, con engrudo, labios y párpados plateados, para confundirlos, blindados de arcos y espadones, entre los arhats empastados que se apilaban sin tornillos en el trastero del templo.

Clavetearon las puertas. Pasaron dos días a papa hervida. En la noche del tercero, disfrazadas de curanderas cantonesas, con mazos de yerba seca en elegantes jolongos, que cargaban sobre la cabeza, y montadas en fuertes botas de madera, salieron del templo arrastrando entre las dos a un niño lisiado: le habían entablillado las rodillas, encasquetado una peluca tiñosa y alargado con tinta los ojos: un babieca mongólico. Una overdose de valeriana lo hizo dócil a las simulaciones.

Así llegaron a la estación de trenes.

Trataron de confundirse entre los intocables que dormían en cajas de cartón abiertas y empatadas, como grandes cunas para sonámbulos, en los andenes nocturnos, recorridos por abúlicos ratones, y hasta sobre raíles rotos.

Con caras lastimosas, arrastrando al tullido, subieron sin billete y cambiaron tres veces de coche, en un tren que había atravesado el monzón con refugiados pakistanos en dhoti blanca, encaramados en el techo y saliendo por las ventanillas.

Mientras aquel armatoste se hundía hacia el sur, con chirridos, a lo largo de la noche asfixiante y húmeda, las viejas, para compensar la extenuación del viaje, ingurgitaban cartuchos grasientos de tostones y latas destapadas, de cerveza caliente. A la madrugada fueron presas de retortijones de vientre y vómitos incontenibles.

No sabían dónde se encontraban. Estaban sucias y babosas, el pelo empegotado y los ojos vidriosos; tanto sacudión les había hinchado los pies.

Tomaron un último tren, que atravesó todo el día tierra cuarteada.

El raptado se despertó llorando.

Llegaron al mar.

La Isla

Para seguir enjabonándolo en calma, y ver de paso si algo decía, fundaron las Leng, diligentes, un hotel vegetariano en las afueras de Colombo.

Ranciado por el aire denso, después de la lluvia, del templo indio de enfrente llegaba el olor grasiento de las raciones de arroz que, en pacientes pirámides amasadas con la mano y envueltas en hojas de plátano, junto a un pozo cubierto de rafia negra y planchas de zinc mal claveteadas —pista de cuervos—, un brahmín esquelético y dentuso, sarong harapiento, distribuía, mientras se alisaba el pelo con manteca de coco, a los menesterosos y pedigüeños.

A la caída de la tarde, aún sudorosos y con las manos entumecidas o manchadas de azafrán, acudían parcos y se reunían en el albergue, oliendo alcanfor o tomando arak en secreto para atenuar los desgastes dietéticos, los primeros adeptos insulares, reclutados por las viejas y su oportuna parentela —que siguiéndolas en el exilio, había llegado a la isla, con termos y en tercera, atravesando toda la India— entre peregrinos tamules certificados que recorrían Madrás y aledaños, de templo en templo, exhibiendo, para suscitar dones, un testimonio firmado de solvencia mística, parsis conversos y afeitados, y sobre todo, hábiles confeccionadores de rollos primaverales digestivos, con carne diseminada y hartas hojuelas concéntricas sumergidas en tres sartenes de aceite hirviendo.

Aletargados y reverentes escuchaban, cuando bajaba el instructor de su cuchitril en los altos —cuyos demonios perturbadores se materializaban en alevosas pulgas—, lo poco que decía. Los había que cifraban en tabletas aún verdes, luego ensartadas, con letras separadas y redondas como lazos, las fugaces hipérboles del recién llegado.

Poco se sabe, aún si desplegado es vasto el abanico de bambú, de aquellas aporías y súbitos de sobremesa, cuando, cabizbajos frente a pozuelos negros, los oyentes interrogaban en la penumbra empañada de la sala. Los cuervos venían a posarse en las ventanas, huyendo de la lluvia, y hasta en las aspas bloqueadas de un viejo ventilador inglés, en medio del techo. Un olor a betel mascado y a mugre se acumulaba en el aire. Llegaban desde lejos las voces rayadas de un fonógrafo.

Temerosas de relámpagos y maldicientes, las adustas viejas recorrían entresuelos sacando gatos de los escaparates y tapando espejos.

Telas de distintos amarillos caían de los muebles de mimbre. Un tul veteado y cremoso, que colgaba de una varilla con arandelas, como la cortina de una ducha, protegía de las miradas y de los mosquitos a un Buda en meditación inmanente, que repellaban tenaces capas de pintura con amagos cosméticos del cine de Bombay.

A la llegada del siempre bañado las viejas corrían de un tirón, furiosas, la veladura, como para ocultar de los visitantes una cocina mantecosa, o, en el nicho de un contador eléctrico, un falo gigante, de goma color crema.

Orlas pálidas, incurvadas como llamas y grises, partían de una gran almendra aplicada a la espalda del meditante, y se extendían, en colores terrosos y apagados, por las paredes y columnas simuladas del templete, hasta alcanzar una portezuela carcomida que abría a un lavabo rosado con un bombillo encendido oscilando levemente al extremo de un cordón negro.

Bajo la flor de loto donde reposaba el Demasiado Rozagante, en un hueco circular con dos entradas, como una gruta aluvial entre pétalos, a escondidas, las viejas criaban dos jicoteas enanas. Buscaban mosquitos para alimentarlas.

Poco se sabe —dije— de lo que dijo. Eso sí: para deteriorar la ancestral ceremonia del Diente de Buda, y "empujar hacia lo real un acertijo", trató, frente a los guardianes atónitos, de morder el precioso colmillo. De los seis tamboreros —ajorcas de plata y sarong rojo— que a cada tarde, con la misma devoción y fotógrafos japoneses, amenizan la apertura de la camilla odontológica, el cordón rojo y trenzado que sigue el movimiento de la cabeza trazó un rápido ideograma en el aire, se detuvo un instante en lo alto y cayó tieso.

Por la baranda de sándalo que desde el primer piso abre a un deambulatorio con capillas repletas de gautamas de cuarzo, ficus religiosus, golden lotuses y hojillas de oro enchapadas, se asomaron furax las cotidianas viejas plañideras y descalzas que cubrían con restos de cocina y gigantes flores blancas la placa de mármol frente al canino.

Pelo lacio y negro, un muchacho delgado, con un pullóver de la universidad de Indiana, dejó caer al suelo una concha marina llena de arroz amarillo y piedrecitas.

De madrugada, atravesó los aposentos bajos del hotel, donde ardían, a lo largo de la noche, entre varillas de sándalo, dos espirales planas y malolientes, como regaliz quemada, para espantar mosquitos. Desde tarimas superpuestas, los ronquidos corales de los Leng ascendían en volutas lentas que se abrían en lo alto del cielo raso: un ajedrezado escarlata y ocre sobre una cenefa con mil cuños desteñidos de un mismo buda.

El fogón tibio resplandecía aún, como una hoguera de la víspera en la sabana. De encima, cogió una galleta de cebada. Se tomó entero un jarro de yogurt de leche de búfalo.

Abrió sin ruido el biombo deshilachado que separaba los camastros. Detrás, frente a una coqueta victoriana, como si estuviera en pose aguardando el despliegue de una cámara de cajón o su mirada, apareció, vestida de seda espejo amarillo canario y con una flor de pascua en la oreja, Iluminada Leng, que al parecer se aprestaba, dada la hora y la carterita de galalí que le colgaba del hombro derecho, a tarifar por las aceras lo que el destierro y un mes entre lechugas podridas en los mercados flotantes de Hong Kong le habían enseñado a no prodigar por un quítame esta paja.

La sobrina de las viejas había adoptado, para tan sarcástico ejercicio, el maquillaje blanco que delataba a las antiguas meretrices del Imperio, aunque en su versión operática revisada: con polvo de cáscara de huevo, que conservaba en un pomito esférico taponeado, como para enterrar hormigas, y un poco de tiza, se había repellado la cara, trazando un óvalo afeitado en su parte superior para dibujar mejor la frontera donde arrancaba, como un casco negro y duro, el pelo. No se le veían los labios, que mantenía, aun para reír, cerrados. Cejas anaranjadas. Un azabache en la nariz.

Eso, en cuanto a lo que él, como un eructo del yogurt, percibió al abrir el biombo: Iluminada emperifollándose. Ahora, lo que ella, enmarcado en un paisaje raído y por el espejo de la coqueta, vislumbró, era mucho menos verosímil y —peor para mí— descriptible: un

44

gato bellaco y gordo, ocupando el lugar del pasante y de su tamaño, bailaba en un solo pie, mostrando ufano la planta del otro.

Bailaba pues —y mordió, nerviosa, un turrón de ajonjolí–, sin música, pero con una torre de cabezas que hacían musarañas, escalonadas sobre su propia cabeza: rojas, reidoras, coronadas y verdosas, con grandes colmillos encorvados y, entre las cejas, ojos verticales, inyectados de sangre. Tantos eran los brazos, que Iluminada no supo si eran cien: con movimientos helicoidales y mecánicos, tan rápidos que cortaban el aire, agitaban una concha marina que silbaba, sistros, dardos, cetros, tamborines de dos cueros, una flor de loto, una piernecita desprendida de una dentellada, llamas negras y una triple cabeza con mechones de pelo lacio, crin de caballo, que por el pescuezo chorreaba sangre negra.

Aquella cosa aplastaba a cada paso moluscos carnosos y lentos, con antenitas rosadas, o demonios enanos de ojos abultados y huyentes, como de mercurio. Con una mano derecha, sin mirarla, acariciaba la barbilla de una despatarrada que, jacarandosa, se miraba en un espejito oval, lamiéndose el labio superior como si acabara de comerse un dulce de leche.

Iluminada no podía describir lo que vio por el espejo y se deshizo cuando intentó mirarlo de frente, pero sí, con más detalles, lo que oyó, ya que se prolongó después de la visión, por un momento: el suelo vibraba con los saltos, como el de un estrado militar al paso de un elefante; interrumpían ese retumbar sordo los cascabeles de los tobillos, ráfagas de manoplazos, chiquetes de coágulos cayendo sobre el mimbre, y finalmente, un frote lubricado: émbolo que entraba y salía; sí, porque lo que aquello apretaba entre los brazos, con dedos separados y curvos, sin presión, era su pareja blanquísima, patiabierta y vuelta hacia él, senos enormes y

45

cintura estrecha, caderas grandes que movía lenta, cubierta de coronas pesadas y pulseras de piedra sin brillo, mientras se dejaba hundir entre las piernas un falo rojo y enorme, sin venas, hasta las esferas duras, y susurraba en medio de gemidos y ayes, con risitas que se multiplicaban en el eco de las cabezas superpuestas, algo que era como "ay, qué rico, métemela más", en sánscrito oral o en tibetano antiguo.

Iluminada se apretó los ojos con la punta de los dedos y apoyó en ellos la cabeza. Encendió un Camel mentolado. Se miró otra vez en el espejo:

—Son las infusiones de láudano —se dijo—. Me las voy a preparar menos fuertes.

Mojó con saliva la punta de un lápiz negro y se retocó furiosa, sobre el labio superior, a la derecha, un lunar discreto, pendant del nasal azabache.

Cuidando de que no chirriaran las bisagras, el desvelado había cerrado el biombo. Y abandonado el cubículo de la caminadora.

Atravesó la ciudad dormida, el aire denso de la noche; un olor de salmuera y de yodo subía desde el puerto. Sobre las aceras, en canastos negros que goteaban un aguaje salivoso, con salpicaduras esmaltadas, entre fibras resecas, líquenes o algas, se apilaban centenas de ostras. Perros amarillos y famélicos, desde el fondo oscuro de los patios, venían a lamerlas.

Un fabricante de cuños abría las ventanas plegables de su tienda. Dejando cofres laqueados, con cerezos de invierno, llenos de polvo de cinabrio, biombos blancos, de telas rugosas, y pinceles de pelo de recién nacido, como empujado por el soplo sulfuroso de un demonio, apareció ante el pasante, ceremonial, con una reverencia:

46

—Supe que eres el guía —le dijo—. Desde hace unos días los animales se han acostado. Los cubiertos se oxidaron de pronto.

Él siguió de largo. Por los canales holandeses de los suburbios, arrastrados por caballos que avanzaban a la sombra de las palmas, bordeando las márgenes,pasaban, lentas, barcazas grises, cargadas de piña. Un vaho dulzón y húmedo, como a podrido, se empozaba en el aire.

Avanzó a lo largo de la playa. Se oían, a veces muy cerca, según la dirección del viento, o a lo lejos, perdiéndose, las cornetas apagadas de un fox-trot, un piano, vasos que se entrechocaban, conversaciones, risas. De un hotel americano salía un hombre vestido de dril blanco, con un sombrero en la mano, avanzaba hacia el agua, se doblaba, vomitaba sobre la espuma, miraba hacia el horizonte.

Tortugas enormes volvían de la puesta, dejando en el ocre de la arena un rastro plateado, baboso, torpe, desde el hueco repleto de huevos gordos y translúcidos, aceite o ámbar, hasta la línea móvil del agua. La marea subía. Huían los pájaros. Cerca del borde, aire gris, terrazas espejeantes.

Envuelto en un sarong rojo ladrillo, apareció de pronto, con los brazos cruzados y el rostro opaco, un adolescente rígido: con un gesto breve le señaló un promontorio que avanzaba hacia el mar, cubierto de árboles frondosos, ceibas y flamboyanes, manchas rojas móviles que enlazaba una red espesa, de lianas.

Caminaron largo tiempo en silencio, hasta llegar a unas rocas escarpadas que poblaban minúsculos cangrejos; entre ellas, y excavadas en la piedra, arenosos y hondos, se descubrían peldaños desgastados, viejos.

Apartando lianas, azorando pájaros pequeños, subieron hasta una casa de madera, cerrada. El techo se desclavaba: entre ramas resecas, que dejaban ver los puntales, anidaba un pavo real.

La puerta se abrió sin que tocaran.

—¿Cómo interrumpen? —amonestó furioso un monje de manto raído, pupilas cernidas de bruma, esquelético y añejo—. Medito sobre los treinta y cuatro componentes del cuerpo: uñas —y les abrió ante los ojos las manos tendinosas y escuálidas—, carne, que se va pudriendo, uñas de los pies, ojos, con lo blanco, sexo y lo que segrega.

Y, exhausto de catalogar:

—Den algo para la construcción del templo.

Era un habitáculo sombrío y sucio. Por el suelo, en racimos, pilas de cocos verdes, una penca de guano; paredes cuarteadas. Arroz en un plato, con pétalos dispersos, ante un budita de yeso en samadí rosado.

—¿Para qué tanto teque —inauguró secamente el recién llegado— sobre los elementos del cuerpo? Basta con pensar en un pelo para alcanzar el nirvana.

Y sin más:

—Quiero agua de coco.

De un tajo, con un machete, el garzón de la playa cortó uno de los frutos verdes y leñosos que estaban por el suelo. El sediento se lo empinó de un tiro, como si fuera una copilla de caracoles con ketchup. Pidió que lo volvieran a cortar. Se comió con las manos la masa resbalosa y blanca. Salió, sin saludar, de la casucha. Rodaron pendiente abajo las mitades vacías del coco: ruido breve, fibroso, piedras desmoronadas que asustaban culebras, fractura contra los arrecifes rojos.

Un poco más alto en el promontorio, albañiles negros, en trusa y con grandes turbantes morados, atareados y sudorosos, se aprestaban a la conclusión del templo: una garita con ventanas enrejadas, techo de zinc y un altarito adentro. Repellaban las junturas de los ladrillos, les daban toquecitos rápidos, de pájaro carpintero. Con una voz finita cantaban sones de Madrás, y entre dos paletadas edificantes, fingiendo sofoco y enjugándose falsos goterones en la frente, corrían hasta la sombra de un baniano, donde en un barrilito de arena, con trozos de hielo, refrescaba una botella de alcohol de centeno. Se la empinaban a la ronda, secándose la boca con pañoletas. Cantando más fuerte volvían a la faena. Se rascaban el sexo y se lo acomodaban constantemente, como si la trusa lo apretara en exceso, riéndose.

—¿De dónde venimos —preguntó el más joven de los peones mientras nivelaba un ladrillo—, cuándo tuvo origen el universo?

—¡Vamos, hombre! —respondió—. Si a un guerrero le entierran una flecha envenenada en la planta del pie, ¿debe de buscar quién la tiró, de dónde viene, qué curare le pusieron, o tratar de sacársela en seguida?

Y diciendo esto, dio media vuelta y emprendió el descenso del promontorio. Solo: el matinal acompañante, aleccionado por los albañiles, había acumulado las pasaditas desahogantes bajo el árbol, y trastabillaba entre los escombros, desbrujulado por la expansión de los astros etílicos en la sangre y tratando en vano, para volver a flote, de apretarse un trozo de hielo, que entre las manos torpes se le derretía, contra el costurón arenoso de la entrepierna.

¿Fue ese vapor centenario lo que le duplicó las imágenes, o un espejismo sobre la arena, bajo el aire gris y denso del monzón?

Llamó a los otros albañiles: se alejaban por la playa, caminando lentamente, juntos y enlazados, dos muchachos idénticos.

No. No era el vacilón. Ni un reflejo en la arena: iban de mano; se movían separadamente, regulares, simétricos.

Desapareció por un camino de guijarros.

A cada vuelta más vasto y uniforme, el mar: cerca del borde, piedras sumergidas trazaban el esquema de antiguos muelles.

Por tres días, paisaje gris, áspero. En un cesto de mimbre, pelusa blanca: gatos recién nacidos. Más lejos, un caballo.

Bajo el alero cubierto de palomas oscuras y silenciosas, un anciano de barba lacia, apoyado en un bastón nudoso y retorcido, leía. No alzó la mano para saludarlo. Un perro dormía a sus pies.

Al otro día se encontró frente a los edificios: patios inclinados, de piedra, balcones de distintas maderas entre andamios desplomados, ruinas.

De la gran sala abandonada, sin ventanas, oscura, un aro de hierro, con pinchos para enterrar velas gigantes o colgar ahorcados, ocupaba todo el espacio; oscilaba levemente: cadenas mohosas, con estampas, la suspendían al techo.

En lo alto de los muros, aunque borradas, interrumpidas por quebraduras, aparecieron alas cruzadas, con ojos que las unían como a pies clavados; en hilera, largas bandas blancas con rectángulos negros y en su centro, como manchas absorbidas por la piedra, los mozos escuálidos, altísimos, al cuello de los cuales se anudaban. Trajes morados y regulares, sin pliegues, apresaban sus cuerpos. Iban descalzos. Las manos pálidas, de largos dedos unidos, estrechaban sobre el pecho libros de hojas quemadas. Los ojos: vacíos, o retocados.

Concluyendo la sucesión de las figuras, y cubierta por una de ellas, más dibujada y brillante, ni trunca ni lacerada pero con junturas verticales visibles, se recortaba en el muro una puerta de talla humana.

Iba a dejar la sala cuando lo detuvo un chirriar de

bisagras. Detrás de la puerta, idéntico a la imagen que la cubría, y como desplazándola hacia adelante y tornándola hasta mostrar su reverso de madera, apareció un monje abrazando una mangosta.

Se adelantó hasta formar parte de la hilera. Allí quedó un instante, concluyendo la serie:

—Te esperábamos.

Comían habas, siempre mal calentadas, y arenques, en un plato de barro. Un mantel fibroso cubría la madera lijada.

Vivían en silencio. Faldón polvoso, botas desabrochadas. El día creaba en cada uno su ritmo. No se tocaban. Junto a las ventanas escuetas y profundas, sobre los vertederos —vetas de orine en el ocre de las piedras—, escuchaban, por la noche, el rugido de las olas.

Llegaban en barcas endebles, cubiertas de lona. Temprano en la mañana bordeaban la isla, bostezantes en las calas. Algunos salían en canoas anchas, sorteando peces voladores. Leían en la proa. Agujillas rápidas, plateadas, se desplazaban en bancos, siempre al unísono y cerca del fondo.

Sobre búfalos y caballos trepaban hasta las huertas terrosas y dispares que cada uno, seguido de sus gatos, araba. Dormían por el mediodía bajo los aleros. Luego, al caer de la tarde, contemplaban, sobre los montes, el paso de la niebla.

No durmió en toda la noche. Se lo impedía un tableteo constante, como de juncos frotados o de cinturones de cuero sacudidos para espantar murciélagos.

Sin más aliciente que la contemplación nocturna escrutó el cambiante paisaje, lo redujo a palabras, a sombras puras, a círculos imbricados de distintos azules. Así geometrizado lo utilizó como soporte a una meditación sobre la misión que le habían asignado.

Comprendió más tarde, siempre aturdido por las estentóreas sonajas, que meditaba sin soporte alguno.

Luego: ni con él, ni sin él.

Percibió los macizos promontorios como un atributo más del vacío, tan arbitrario en su forma y desprovisto de consistencia como la bruma que los blanqueaba.

No se sabe cuánto tiempo estuvo entre ellos.

Cuando regresó, todo había cambiado. No reconoció el hotel de los Leng ni sus avezados vegetarianos.

Sin pudores dialécticos, ni coto en el ejercicio arrogante de la contradicción, como queriendo adelantar de un codazo los empujones hacia atrás que a cada noche le daba a su Rueda, o arrastrada por una resaca zen, Iluminada había emprendido, visiblemente azuzada por la ascesis new look de los comensales, o por las viejas, en su afán de impartir vibraciones apacibles, las reformas de estructuras a que todos, en el quietismo meditativo del hotelucho, aspiraban.

No sin residuos binarios: había dividido, obedeciendo a criterios funcionales, o animistas, con un gesto ambicioso, que marcó en el aire una uña pintada de fucsia, el ashram, en dos registros ortogonales:

—Arriba —y apuntó con desgano la escalera de caracol desclavada y crujiente por donde subía a sus aposentos el supuesto budita—, *Montes Nublados*; abajo —y reflexionó unos instantes—, *Olas Rugientes* —y con un vistazo altivo abarcó la superficie de la sala cuyo piso iba a tapizar enteramente de mimbre verde fresco.

—Cubrirán los muros —aclaró con dejos simbolistas— dieciséis paneles móviles con discretas cerraduras de oro; en ellos, una sola cresta de espuma se alzará al extremo derecho, avanzará rugiendo a lo largo del shinden, sobre un fondo cambiante azul turquesa, y vendrá a romperse contra los arrecifes, en el ángulo izquierdo.

Según los temas se fijaron, Iluminada abandonó, con la misma ostentación con que las había adoptado, sin el menor recato por su incoherencia kármica, y sin insomnios, sus rentables caminatas vesperales, para dedicarse por entero a la obra.

En compañía de un meditante benévolo, antiguo cocinero mandarinal convertido por las viejas al mensaje, y conocido entre los catecúmenos como el Dulce, se entregó sin reparos al esbozo de paisajes estilizados.

Partieron, en pleno invierno, hacia el extremo norte de la isla, para descender luego siguiendo una costa que asolaban fríos y tempestades.

—Si escogí pintar primero el mar —aclaró a su regreso Iluminada—, es porque en invierno las olas son más fuertes y los colores austeros; al contrario, las montañas son más pintorescas en verano, cuando las cubre una vegetación lujuriosa, sobre la que espejea la niebla.

Después de varios días de prospección y ascenso, al franquear una cima nublada, descubrieron finalmente el paisaje lleno de misterio que respondía a su inspiración.

Los esbozos que trajeron de ese viaje, y de los que emprendieron a cada luna llena con canasticas de refrigerios, un cuaderno y un termo, permitieron determinar la composición general de los frescos; pronto en la pieza alta aparecieron, sobre un papel espeso, de fibras de cáñamo, que vidriaba un barniz de alumbre y de cola, calcadas de un gran papel con carbón de madera en polvo, las líneas azules —azurita pulverizada— y verdes —malaquita pulverizada— de un paisaje majestuoso:

ligeras nubes se elevaban, desde un valle sereno, hasta las montañas envueltas en brumas, y se extendían luego hacia el horizonte, donde se confundían con un espacio blanco —conchas de ostras quemadas y molidas— que matizaba un pigmento de azul puro, con una gota de negro de marfil.

—Si obtenemos —precisó experta Iluminada— la dosis ideal de cola, en la debida proporción de agua, además de la precaución del pensamiento y la velocidad de la mano, ante estos océanos y montañas, los seminaristas se sentirán aplastados por la severidad solemne de la naturaleza, pero advertirán también —y para dar una fumada, abandonó un instante el bambú con que, en una vasija de madera, disolvía los pigmentos— la profunda compasión que emana de estos horizontes infinitos.

En aquel decorado regio, y siempre seguido por los asiduos cifradores —un rumor de tabletillas zafadas, de punzones y pinceles anunciaba en las esteras meditantes su descenso—, diseminó el joven maestro en dilatadas sobremesas sus silencios interrogantes y lunáticas respuestas. Dio bastonazos y patadas, alzó un dedo mojado en saliva, tiró contra el suelo un celadón y un bonete embebido en tinta negra contra una seda donde se consignaban las visiones místicas del quinto Dalai Lama.

Distribuyó bebidas fermentadas.

Respondía a todo koen con un eructo, una trompetilla, o el fácil aforismo "samsara es nirvana".

Cuando las decanas, que en su ausencia habían comenzado a cobrar las entradas, disminuir la ración de pollo en los pozuelos, recibir de preferencia curiosos nobles o influyentes y rellenar las bandejas vacilantes con harina hervida y aguacate —tramaban, además, una orden que "llevara su mensaje a occidente"—, se percataron de que tomaba cada vez más a la ligera su misión y en la cocina dobles martinis, sin que le importara un comino el dharma, se tornaron agrias y gruñonas.

Una noche, ya ultrajadas, entre sopetones lo subieron a su aposento para cantarle sin pujo las cuarenta:

—Has venido a esta isla, so fresco, abandonando como te correspondía el Paraíso de Amitaba, al este del mandala, para liberar a todo ser vivo, y no te dejaremos volver, cueste lo que cueste, hasta que no entre en el nirvana la última hormiga. Vas a prodigar tu enseñanza a esos autísticos que esperan sobre las olas y aprender inglés con discos para que pueda entenderte todo el mundo.

—¿En qué antro macrobiótico —prorrumpió regañona la otra Leng, distanciando su ira, la boca muy abierta junto a la oreja del inculpado y mirándole el pabellón con insultante fijeza— o en qué centro espírita te has creído, que desde que subiste a las lomas has tirado la congregación al abandono, orinas en el lavabo y a todo respondes "a mí, plín"? Para emprender las redistribuciones espaciales —continuó, más calmada— y dar a estos barracones la configuración de base cósmica que hoy te sirve de marco, sin contar los desplazamientos de prospección pictórica de Iluminada, nos hemos hundido hasta la coronilla —la otra Leng alzó las manos trémulas y se tocó la frente— en hipotecas usureras y abusivos empréstitos. ¿De dónde vamos a sacar ahora para mantener en pie estas olas corredizas y proteger de las polillas las tabletas de bambú en que se graba lo poco que declaras?

El interpelado las miró una por una y de arriba abajo, no sin sorna. Sin flexiones, como un gato enfermo o un deshuesado, se dejó caer en una cama muy baja, estilo renacimiento industrial japonés, que las viejas habían armado con planchas de madera y cojines rojos.

Luego, con un movimiento brusco, de atleta victorioso en un baño turco, se irguió hasta la cintura, no para tocarse con los dedos la punta de los pies, exhalando aire muerto, sino para halar por las esquinas, hasta la altura de la cabecera, una frazada gorda y algodonosa, de espuma de vidrio, que las viejas habían doblado a los pies del lecho. Con ella quedó cubierto, como una crisálida gigante, simulando que derivaba hacia la inmovilidad o el sueño.

Tiró demasiado fuerte, en su impulso calisténico, la manta aisladora. Las viejas lo contemplaron en su capullo, hieráticas de indignación y ofensa. Ya iban a bajar al zendo, a entretener a los tautológicos con nuevos relatos de vidas anteriores, cuando, descubiertas por el tirón, pudieron contemplarle las plantas de los pies.

Quedaron más desencajadas y mustias que si hubieran visto sobre el mimbre una araña peluda, o en la base de una plancha tres púas: tenía, en la parte anterior de cada planta, junto a los dedos, perfectamente dibujada, como una marca de nacimiento o un tatuaje incoloro, una rueda.

—Con su centro —aclaró rigurosa una de las viejas.

—Y sus rayos —repuso la otra, consignando a su vez el aparatoso descubrimiento a los sujetos inferiores, golosos de más detalles, sino del ginseng con que les habían empezado a adobar la ensalada de col hervida, seguras de que la planta-hombre, con sus poderes tonificantes, ahuyentaría la anorexia astral que los aquejaba.

—Ha caminado descalzo —se dijeron, al salir de su mutismo arañado— sobre hierros candentes y redondos. Seguro fue a las fiestas de Kataragama. Por eso ha cogido esos modales.

—Habrá que mirarle bien los pómulos, a ver si se los ha atravesado con algún pincho, y buscarle en las heces tachuelas y vidrios.

Bajaron con los labios apretados y los ojos torvos, más encanecidas, un tridente de arrugas en el ceño.

En la escalera, cuyas espiras les parecieron exageradamente desiguales y mareantes, se destrabaron todas.

—Hay algo —confesaron, con uñas amarillas aferradas al pasamanos— que no gira redondo.

Él esperó a que los adictos se retiraran, inconformes o resignados, y a que los ronquidos modulares de los Leng le avisaran que el zendo había descorrido sus muros móviles, para tender tras las olas, ahora apiladas y sordas, esterillas breves para los durmientes. Entonces, como obedeciendo a leyes del sueño, y tocando apenas los peldaños espirales, abandonó el registro inmutable de los montes y, con una cuchilla curva unida a un cetro, que empuñaba en la mano derecha, se apareció sigiloso entre los resonantes boquiabiertos.

—¡Ésta es la vía! —los levantaba por los pelos uno por uno, como quien desentierra un racimo de rábanos, les cortaba un mechón con la navaja, y los dejaba caer otra vez, ablandados y sonámbulos, fláccidos como viejos manteles estrujados, pilas de ropa sucia que se aplastaban inánimes sobre los mimbres.

—¡Excelente! —respondían entre dos cabezazos los tonsurados. Se daban media vuelta, escuchaban muy de cerca la marea subiente, desnudos sobre la arena, en la noche insular, el agua avanzando sobre los cantos rodados, al pie de la montaña; volvían a dormirse.

A los que después de la poda se mantenían de pie y despabilados, y no manifestaban excesiva contentura, engreimientos metafísicos ni sorpresa, soplaba en la oreja un sonido breve, una sílaba cuyas vibraciones graves les hacían sacudir la cabeza, como quien tiene agua en los oídos, y tapárselos con los dedos.

Les daba una nalgada para calmarlos.

Ya sin pretextos académicos, Iluminada tuvo que renunciar a las giras rurales con el Dulce. Deambulaba día y noche entre el mar y la montaña, sonsa, cocinando camarones congelados o subiendo y bajando la atacante escalera sin ton ni son. Extrañaba los alicientes escenográficos de la mística, y también, justo es decirlo, la fuga y sorpresitas crepusculares de su pasado peripatético, cuando venían a buscarla, en coches color crema, talladores estatales de esmeraldas y hasta gerentes de terrazas arables a quienes un baño de vapor con fricciones persistentes y un agua de colonia importada de Londres no lograban sacar el olor amargo del té tostado.

Una noche, insomne, volvió, sin saber por qué, a la coqueta victoriana, que la austeridad de las esteras había relegado al sótano. En la gaveta, dentro de un gran alfiletero de fieltro —pasadores de mostacillas negras, salamandras de brillantes, relicarios con retratos descoloridos—, encontró disimulado el menjunje de láudano.

Se miró en el espejo.

Bebió unos tragos rápidos, con los ojos cerrados. El ruido del frasco sobre el cristal de la coqueta la atravesó como el de una gran pecera que se parte.

Empezó a tararear una canción de Billie Holiday.

Sintió que la miraban fijamente. Se volvió de pronto: detrás de la puerta entrejunta, asomando por la rendija, reconoció en la penumbra del subsuelo los ojos sabrosones del Dulce. Tenía un pañuelo oscuro anudado a la cabeza, un sarong de dos tonos, andaba sin camisa, quizás descalzo.

Iluminada, como era de esperarse, lo recibió con un gesto de repugnancia.

—No he venido —anunció el intruso sin avanzar, pero abriendo levemente la puerta, hasta que la claridad del subsuelo lo enmarcó en su rectángulo, como a un cortesano que se retira junto a un espejo— a pendenciar, ni a implorar nuevos picnics; deploro aquellas noches felices que ya pasadas son para mí. Si hubiera sabido que a tanto paripé y alardosos silencios iban a conducir nuestros marinos zafaríes, y que, contra unas rupias amarradas en pañuelos, iban a llegar las viejas a trocar analgésicas palanganitas de sándalo, nunca hubiera soportado tantas privaciones bajo sombras de guao, ni que me pasara por encima un puerco jíbaro. Me voy de esta isla, aunque sea aferrado a un tronco de pino, la marea lo llevará hacia el norte.

Y con un gesto de manola exasperada se desató el sarong por delante, lo sacudió, como para echarse fresco y se lo volvió a apretar con un nudo furioso en la cadera derecha.

Iluminada lo miró por el espejo. La luz del sótano tornando hacia el gris borró el límite entre la pared y el suelo: el Dulce apareció como suspendido por el caracoleo de su propio faldón.

—Ya con estos decorados —replicó displicente Iluminada—, que habrá que amortizar, y honestamente, se presentan no pocos apuros a los premies, ¿no le parece? ¿Para qué insistir con el cansancio de las consignas?

Del corazón de terciopelo, como quien corta con los dientes un hilo de bordado, arrancó un pavo real de ónix, que enganchó en la hombrera derecha del salto de cama con que disimulaba sus horas vagabundas. Los destellos funerarios del avechucho rayaron un instante la seda verde botella:

—¿Quién dice que un instructor, si de verdad lo es, no pueda renunciar a la enseñanza, comer rice and curry bien picante y, suscitando trabajos voluntarios, quebrantar el voto de pobreza? Conmigo —y lo fulminó a través del espejo— no cuente usted para el menor desacato.

Pero no fue así.

Una tarde, de mano, y siempre discutiendo de asuntos divinos, se fueron alejando distraídamente del edículo, a lo largo de un terraplén que seguía la curva de la costa y bordeaban viejos hoteles ingleses de madera blanca. Muchachos con pantalones cortos y listados, boina, y al cuello una mariposita, empinaban enormes barriletes de papel de seda, rojos y vibrantes, que a cada soplón de la brisa parecían querer arrancarlos de la tierra; otros, con trajecitos de marinero y varillas de cobre, jugaban al aro, o paseaban perrones blancos y orejudos, con manchas negras.

Al llegar al puerto, y siempre trabados en el arduo protocolo litúrgico, los sorprendió, entre la maraña de las velas —sacos prietos, zurcidos—, banderines y mástiles manchados de salitre, un bergantín que atracaba, con gran desconcierto de sogas, griterío, y en la cubierta faroles encendidos.

Un bailongo portuario agitaba la chusma diligente.

Con grandes bultos de yagua al hombro, entre cuyos amarres asomaban, hinchados y paralelos, los nervios carmelitas de las hojas de tabaco, mulatones ojiverdes y descalzos, arete de oro, paserío esférico y rizado, circulaban, dando topetones, o como hormigas, chocando levemente las cargas, por entre camarotes atestados de baúles, sacos de azúcar con letras moradas impresas, racimos verdes y vidriosos de anís machacado y jaulas vacías, de alambicadas arquitecturas negras.

Una musiquita de guitarras mareadas, cencerros mohosos, güiros y maracas, amenizaba desde las bodegas aquel amarre tropeloso, y también un olor a nísperos apolismados, cáscara de mango podrido, zapote rancio y cereza, que brotaba de las calas y se espesaba en el aire, emborrachando pasantes y pájaros.

Esa cornucopia oculta, y las copitas de borde azucarado con que los marinos, ya en guayabera, obsequiaban a los visitantes, atrajeron por la escalerilla de abordaje, como imantados, a Iluminada y al Dulce.

No bajaron más.

Subvirtieron sin recato, y a lo largo de los mares, hasta Matanzas, los cánones centenarios de la cocina cubana, mezclando, en platos enchumbados y aparatosos, sus ingredientes incompatibles y básicos: puerco adobado en rodajas de piña, pollo en salsa agridulce, pato con naranja, y otras variantes tan perversas que el pudor gastronómico impide citarlas.

Al divisar la bahía, y ya harto de la dictadura empellada, un grumete le tiró encima al Dulce, que no cedía en su ideocracia culinaria, tiránico en la sopa de postre y otros conceptos salseros, una croqueta de torcaza con jugo de jenjibre:

—Basta de parejería —le asestó—. Quiero comer cristiano. Y además —añadió, envalentonado por la impavidez de su víctima—, al bajar a la isla quítese esa falda, que nuestros hombres no la llevan, ni sandalias. Y no se eructa en público.

Iluminada quedó amostazada y tiesa, con un sartén suspendido en la mano. Al que vino a caer desmoronada una tortilla fu-yong.

Guerra de reliquias

Hasta aquí el relato que, como habrán notado, acogía con amplitud —es el término que se emplea— las versiones de Iluminada: si no, ¿cómo explicar el lujo de sus prendedores, la aparente pertinencia de sus dicharachos plásticos, el perfume de sus pretendientes y sobre todo, la impecable presentación de su persona, aun con esa bata de casa afligente y picúa con que se levantaba para engancharse en la oreja flores de cera, pintorretearse como una pelandruja y empinarse de un tiro el botellín de opio con vino, o lo que encontrara entre sus trapos cuando el miquito le mordía la nuca?

A su partida, después que la buscaron durante una semana hasta con perros, entrenados con el olor de sus blúmeres, y como tampoco daba señales de vida el Dulce, las viejas, avinagradas y hostiles, los declararon traidores a la fe, traficantes de carismas, malversadores y tigres de papel.

Lo que sigue, reconstituido a partir de algunas tabletas que, dada su escasez, pronto se erigieron en canon, es contradictorio y deshilvanado. La desidia del adolescente para despejar infundios conceptuales abrió la puerta a más de una revisión:

—Lo que he enseñado —se descifra en una lámina— es como las hojas de un árbol; lo que me han revelado y no enseñé, como las hojas de todo el bosque.

Con la indiferencia total del encarnado —si aún estaba entre ellas—, las viejas, ávidas y oportunistas, se entregaron a los virajes místicos más estrafalarios, desdiciendo, tercas y gesticulantes, a cada mañana, lo que habían afirmado con igual tozudez —y algunos dazibaos urgentemente garabateados y pegados con tachuelas sobre los paisajes desplazables— la víspera, y expulsando sin tregua a los que, atrasados de noticias, continuaban silabeando las consignas de ayer.

Entre ellas surgieron discrepancias y enredijos, que los adulones, siempre listos a exagerar la coba, y en los términos que las perentorias escogían para ello, achuchaban hasta la fajeta.

Se dedicaron con encono a humillarse: se dieron a beber, sin advertencia, substancias repugnantes: saliva y orine.

Presa de un arrebato punk, y queriendo manifestar su asco, una vomitó sobre los pies de la otra, se atravesó los labios con un alfiler, se quemó los brazos y concluyó colgándose entre las greñas verdes y azafrán brillante dos pescuezos de pollo sanguinolentos, que se restregó con alheña.

Con los botines salpicados de filamentos gástricos, lisos y dorados como hilachas de mango filipino, la afrentada quiso apaciguarla en nombre de la serenidad proverbial de la Congregación; difuminada por aquella desagradable pérdida del self-control, trató de amainarla mostrándole, desplegadas ante su cara —tornó los ojos en alto—, como las de un abanico de marfil calado, las hojuelas agujereadas de un libro.

—Sepa usted —le respondió la enajenada arrancándole de un zarpazo las escrituras, como quien desgarra el velo de una mahometana, y esparciéndolas con furia por el suelo, como un mazo de barajas trucadas —de allí, el orden tergiversado de muchos aforismos— que fuera del pensamiento no hay nada —y consideró con desdén, a sus pies, las placas de latania seca—, absolutamente nada: ni sujeto, ni mérito, ni falta. Nadie ejecuta ni causa el mal. No hay fruto del karma.

—El veneno de cobra —arguyó la vapuleada reculando a pasitos sobre el mimbre, sin apartar la vista de las hojuelas maltratadas— que a cada día filtras en mi salsa de mamey, y tus invocaciones para que a la caída de la tarde se me aparezcan demonios retozones, han perdido su fuerza. Aunque cifrados a empujones y en pali, estos canutos endebles, reunidos en una triple canasta, dejarán constancia de lo poco que ha desembuchado el presunto guía, cuando no le ha dado por responder a todo con un repelente "¡no!". Recogeré más: pelo, uñas, dientes, piel, carne, huesos, nervios, médula, cerebro.

No era ginseng lo que una de las arrugadas había dispersado entre los carentes: honguillos prietos, terrosos y rayados —hombrecitos con sombrerones, campesinos estrafalarios de miga pintada—; a cada luna llena la vieja iba a buscarlos a lo más fresco del sótano.

Creyendo que su fin se acercaba, pues le daban a cada rato unos soponcios amoratados con pespuntes de break-down, o tal vez como artilugio ladino para intimidar a la otra y aguarle la sangre, decidió revelarle el poder de los "queriditos jaraneros que llegan saltando", como llamaba a sus engurruñados champiñones.

Esa misma noche, reunida con los últimos aspirantes a la extinción, distribuyó tarareando y absorbió varias de las cositas que dictaban qué decir, cómo cantar.

Con voz rugosa y apagada invocó en una habitación oscura, sin ventanas, rodeada de crédulos, cachorros.

tortuguitas amoscadas y niños de toda edad que se agarraban a su falda y se durmieron parados, con sus cantos resonando en los oídos.

Percibieron todos de igual modo, en el silencio tibio de la noche insular, poco después de ingerir a los santitos con un cocimiento de verbena, al que llamaron con respeto el Nobilísimo Infante: un adolescente atlético, vigoroso, de ojos rasgados, desnudo, rodeado de una transparencia blanca, como una aureola de leche, saltando, con los brazos alzados, de una palangana resplandeciente. Muy lento, empapado: subían, volaban en el aire, se dispersaban y caían, una a una, las gotas. Irradiaban de sus gestos hilillos azulados.

Él: abandonaba la adolescencia; aunque siempre imberbe, sus rasgos se acentuaban, su voz era más grave, reía menos.

Los adeptos acudían al ashram carentes de instrucciones, pero viendo que, con subterfugios y evasivas, o tirándolos francamente a choteo, se negaba a elucidar lo que a sus ojos era esencial —origen y fin del universo, realidad de la reencarnación, existencia de un alma individual, etc—, o quizás persiguiendo milagros anodinos, bendiciones, auspicios, burdas comunicaciones con los muertos, desviaban cada vez más del plano astral sus intercesiones, rebajadas a curanderíos, adivinanzas y horóscopos.

Una tarde, harto de aquel estajanovismo espiritual, al recoger la jaba de regalos, halago de los consultantes —betel para lavarse los dientes, incienso, sedas, topacios—, canceló las audiencias del día siguiente y subió a refugiarse entre las viejas.

Fue inútil: también ellas imploraban adoctrinamiento, técnicas de ayuno, consignas y dogmas.

—Si por un instante —les declaró sofocado: subía las escaleras a saltos— les apareciera en mi verdadera naturaleza, que es la del ser que está en todo lo que es, quedarían tan turulatas y espantadas que les costaría la razón o la vida. Doy fin a este consultorio benévolo que se ha convertido en un centro espírita para recuperar maridangos, exorcisar morones y alentar parturientas. Lo que es, no puede ser captado ni por el intelecto, ni por los sentidos, ni ser objeto de ninguna devoción o paciencia. Inútil es apelar al sacrificio, o a la brutal pedagogía del koen, como ese cuento del alumno que se ahoga. Poco importa que se aborden las cosas negativamente.

Las viejas lo contemplaron cejijuntas y hurañas, paralizadas por las aporías, como dos gatos ante una sonaja que imita el silbido de un ratón.

—Convertirse —añadió— sin esfuerzo, en lo que es. Todo ejercicio, por astuto que sea, resulta entorpecedor, más que vano.

—Y con esto, piadosas hermanas, cumplo mi función en el relato, y mi último ciclo en este kalpa: no se cuente de mí; no prodigué saber, marqué su sitio vacío y nómada.

Se oyeron, enfrente, graznidos y címbalos: distribuían raciones en el templo indio.

—Esta misma noche, después que den los resultados del fútbol, entraré para siempre en el nirvana.

Las viejas se taparon la boca y la nariz. Empezaron a sollozar.

Se sentó, en posición de meditar, junto a un mandala anaranjado y rojo cuya figura central era Avalokitechvara.

Imaginó un árbol: las hojas moradas vibraron en el

aire transparente y caluroso del mediodía indio.

Sonriente y sereno, fue apaciguando lentamente el ritmo de su respiración, hasta que la detuvo totalmente.

Las viejas, al ver su fijeza, rompieron en alaridos y se ripiaron las ropas, insultando divinidades nocturnas; luego, ayudadas por la responsabilidad y la Sedibaína —sedativo nervioso sin acción depresiva—, para no alertar ratones de velorio, emprendieron, sin más jeremiqueos, eficientes, casi mecánicas, los repugnantes preparativos póstumos.

Le quitaron el manto blanco y los calzoncillos. Lo acostaron con cuidado, como para evitar lastimarlo, o que algo en su interior se derramara, en medio de una estera.

La más arrestada le enterró en la carótida una inyección de sublimado corrosivo.

Sobre el rostro: crema de leche, para impedir la deshidratación y servir de base al discreto maquillaje: Tropical Satisfaction, que disimula el insoportable amarilleo de la piel.

Un polvo, cuyo tono conciliaba el color natural del rostro con las exigencias de la iluminación, atenuó el brillo de la crema.

Los ojos fueron objeto de cuidados particulares: los lavaron con agua y jabón; frotaron los párpados con una vaselina apropiada, que evita el desecamiento; para que se mantuvieran cerrados —ilusión de sueño—, situarón debajo una pequeña concha de plástico, áspera en la cara convexa.

Lo abandonaron hasta el otro día.

Con un traje de brocados geométricos, lotos de oro, coronado con una espesa diadema, y en las manos rígidas, como si fuera a agitarlos, el cetro-rayo y la campanilla, lo sentaron en un trono de púrpura incrustado de excesivas perlas.

Por el suelo, sobre un tapiz azafranado, en desorden, dejaron lamparillas, molinos de plegaria, figuras de bronce, copas de plata y dos puñales tántricos.

Los frescos fueron cubiertos con un tanka monumental: la topología irradiante de las divinidades apacibles, azul cerúleo y verde.

Del techo colgaban estandartes de nieve, rejillas bordadas con motivos rosados, botones o pupilas.

Como una lluvia repentina y violenta, dispersaron sobre los mimbres flores amarillas.

Una bajó en puntillas, para no estrujarse, hasta la entrada, donde esperaban, como a cada mañana, aduladores y devotos, miserables y andariegos.

Entrejuntó la puerta.

Antes de que entrara la muchedumbre corrió al piso mortuorio. Se sentó en el suelo, respetando la simetría.

A ambos lados del Enviado, en su última representación terrestre, lo contemplaron por un instante, mientras la puerta se abría y en los mimbres de los bajos resonaba el paso apresurado de las sandalias.

Las tanatoprácticas se habían vestido de azul pastel, bufanda roja, pelo recogido en una sola trenza. Estrenaron aretes con galones de oro, que se abrían en cordones sobre el pecho. Máscaras luctuosas, blanco de titanio: cotiledones simétricos y blandos les dividían los labios. Los habían bordeado de negro. Alrededor de los ojos: rojo rupestre, sangre coagulada.

Se habían rematado con sombrerones desparrancados, revolico de tiñosas, coronas de plumas quemadas.

Al cuello: bozales babosos, "para recalcar la incongruencia de todo".

Como un relámpago, repasaron en imágenes fugitivas toda su vida, desde la palangana en que lo habían lavado, después de encontrarlo, tieso de hambre y frío, abandonado en el torno del templo, hasta el momento en que dejó de respirar ante ellas.

Les rayaron las máscaras dos lagrimones.

Recuperado el self-control, gritaron hacia los bajos:

—Pueden pasar.

Una luz acerada, opaca, bajaba diagonal desde las cuatro ventanas de vidrios granulosos hasta su cuerpo rígido; un sudario blanco rozaba las losetas, recto, duro, de mármol, pliegues paralelos como un mantel recién desdoblado; luz sorda, sin iris, como si la morgue se encontrara bajo el agua, huyendo de los muros, imantada por los bordes de la mesa, por su cuerpo brillando de bálsamos frotados, terso como la mortaja, metálico, por su pelo, que las viejas habían embadurnado de plata y se derramaba sobre la cabecera en hilillos esmaltados, como una flor enferma, por su mirada sin mirada, volviendo vacía hacia los ojos, ciega.

Las viejas se lanzaron sobre el cadáver con la voracidad de dos vultúridos.

Le arrancaban mechones de pelo, cejas y pestañas, uñas, que envolvían en algodones chorreantes, embebidos en una resina verdosa, eucalipto o albahaca; corrían a esconderlos entre almohadillas de esparto, en alacenas frescas, cerradas con doble llave.

Cuando ya lo habían dejado lampiño y calvo, como un maniquí o un quemado, y le cerraban los párpados y los dedos costras de coágulos, entonces, con aspaventosas precauciones y alardes perifrásticos, anunciaron su muerte a los allegados que esperaban en la planta baja, y hasta en las aceras, tirados por el suelo, devorando an-

72

gustiosos cucuruchos, reacios a la resignación y al sueño.

Bajaron las helicoides tirándose de los moños, en un desgajado "no somos nada", que alternaban con atiplados ayes y punzantes gemidos guturales.

Envolvieron el cuerpo en mil pedazos de algodón, regaron flores blancas por los rincones, con paños rugosos taparon paisajes y espejos. Los dos pisos quedaron repletos de sombrillas.

La multitud de fieles portó en andas la litera. Después de pasar al norte del río llenaron el catafalco de aceite perfumado. Recogieron maderas olorosas. Dieron fuego.

De los pedazos de algodón, dos no ardieron: uno estaba en contacto con la piel, el otro completamente separado de ella.

De inmediato los confiscaron las viejas: envueltos en servilletas de papel, como pedazos de cake escamoteados en un cumpleaños, los disimularon en hábiles carteritas de pasta que no se quitaron nunca más de los hombros.

Distribuyeron, parsimoniosas, el resto de las reliquias.

(Uñas y pelo quedaron intactos.)

Cuando bajaron de la litera el sarcófago de oro y apilaron la madera perfumada para quemar el cuerpo, fue imposible encender el fuego. En este lugar, para rememorar la reticencia de las llamas, se elevó un monumento blanco, con seis techos superpuestos y las proporciones de la gran pagoda de la Oca Salvaje.

Lo cortaron en pedazos, uno a uno, hasta cien. Siguiendo con esmero las articulaciones: sin derrames serosos ni sanguíneos. Montaduras barrocas engarzaron los huesos limpios y barnizados, lijados espinas y salientes. Islotes de esmeraldas brutas, lotos de ópalos impares, discos de ónix, cuarzos astillados como huevos vacíos alojaron vértebras y cartílagos.

Presa en un cilindro de cristal esmerilado, suspendido como un neón entre soportes acanalados que le permitían dar vueltas —en los extremos bombillitos opacos—, las viejas conservaron una mano. Como quien mueve el botón de un traganickel, la hacían girar todas las tardes.

Vaciaron la cabeza: meticulosamente salada y envuelta en paños de seda que separaban finos estratos de cal viva, fue encerrada en un arca de sándalo, con cuatro elefantes labrados y una rueda en la tapa, que flanqueaban reverentes gacelas.

Cuando los restos, monedados en alhajas, siguiendo el orden que tenían en el cuerpo armado —ahora una ringlera de cálices y cajas—, quedaron expuestos entre las cúspides ocultas, como un gigante prehistórico en una tumba nevada, y las viejas pudieron contemplarlos sin testigos, reuniéndolos en una sola imagen, entonces, como si esa dispersión metalizada fuera la verdadera muerte, se miraron incrédulas a los ojos y rompieron en un desgañitado llanto:

—He aquí el cuerpo del hombre fragmentado —gemían, quejumbrosas y asqueadas.

Y tornaban hacia los huesos abroquelados las palmas de las manos untadas de vinagre, y entre las líneas escrita con almácigo la palabra FIN.

—He aquí la causa del deseo.

Y así, con variantes rítmicas y estróficas, durante tres días.

Hasta que los enlutados, que seguían en la planta

74

baja ayunando en silencio y meditando sobre la noción de impermanencia, notaron que la Gran Queja había cesado y decidieron acudir ante los despojos para compartirlos.

El piso alto estaba en silencio. Lejanas, o apagadas por el ventilador de los respiraderos, detrás de las ventanas, y por la luz mortecina de la tarde, llegaban las voces porfiantes de unos cantoneses culinarios, pasos por la calle, un llamado de mujer y más lejos aún, una voz nasal y fina, o grabada en los albores del fonógrafo, que repasaba obstinadamente las filigranas de un tango.

Las viejas estaban sentadas en dos esteras enrolladas, a ambos lados de la cabeza, de perfil, mirando al vacío, tejedoras nostálgicas.

Tomándose un chocolate con churros.

Vestidas con sayales burdos, parcas y desencajadas, a lo largo de la noche, con simulada equidad, distribuyeron engarces y amuletos.

Al amanecer, después de algunos entreactos incómodos, que atravesaban los primeros pregones y a lo lejos sirenas de barcos, o bandadas de pericos y cuervos, cerrando imploraciones y lagrimeos, y hasta una propuesta, furiosamente vetada, por no diseminar los restos, se armó tremenda chusmería por la posesión de las grandes piezas.

En unos minutos, afiebrados por la codicia huesera, regateando colmillos, astillaron cofres y fémures.

Las desguazadoras, en medio de la reyerta, vapuleadas, estrujadas y desbordadas por la izquierda, voceaban advertencias de sosiego, refugio de la orden, y prometían por pares, en pleno delirio artrológico, los soportes centrales del esqueleto.

Llegaron a perder la cabeza.

Los últimos vándalos cargaron con los paneles montañeses y marinos plegados bajo el brazo, o como balsas fluviales, sobre los hombros.

Con bisagras doradas los subastaron como biombos birmanos en los anticuarios de Kandy.

Fueron repisas, puertas de armarios exóticos, y hasta, cortados en óvalos, chinerías de medallones angulares para el rococó versallesco. Una cúspide brumosa, con ramas amaneradas, de ciruelo seco, fue motivo persistente en los ejercicios de canevá que acribillaron infantas apócrifas de la corte austríaca. El Museum of Fine Arts, de Boston, conserva en su sección oriental, con la añadidura de un dragón, datada en mil doscientos cuarenta y cuatro y atribuida a Ch'ên Jung, una ola. En Sotheby hay otra.

Tergiversadas las enseñanzas hasta el olvido, sin fe ni postores, tres generaciones más tarde los herederos de los últimos huesos autentificados terminaron botándolos en un pudridero.

De allí procede la rótula, confundida por unos misioneros jesuitas con una de las de San Josafat, que en una custodia de oro americano, ofrenda de un indiano zurrón, se adora en un nicho de azulejos, bajo el altar mayor de la catedral de Cuenca.

Cuando las llamas se extinguieron, y sobre el reguero de cenizas que el viento de la mañana no dispersaba, bajo los grandes árboles grisáceos, frondosos y fijos, quedaron desunidos, privados de sus nexos, los huesos, entonces, en silencio, sin brusquedad ni apremio, prestos a cumplir con las indicaciones póstumas, fieles, los últimos alumnos los fueron tomando entre las manos ahuecadas, cuidadosos, como si protegieran perdices heridas; se las acercaban a la boca y las soplaban despacio:

un aliento nebuloso y tibio las envolvía. Lagrimeaban sobre los nudillos. Parecía que se frotaban los ojos para despertarse, o quitarse de los párpados la nieve de una tormenta. Cautelosos, envolvían las reliquias en piezas bordadas; sobre fondo negro, lacerías de oro: cinturones de novio marroquí. Como juguetes robados se las escondían bajo los mantos.

Luego, sin más enseres que la osamenta, un pozuelo de cobre y un paraguas, salían a mendigar por los caminos litorales, exhibiendo mugre y sed de templo en templo.

Recorrieron la isla de oriente a occidente, solos o en pequeñas bandas manigüeras, seguros de albergar una verdad sin violencia, capaz de liberar instantáneamente hasta un paria o un puerco.

Si tomaban de noche bodegas y arroceras, lo hacían sin violar los preceptos: dejaban más rupias manoseadas que las que merecían lo que devoraban.

Apelaron, hélas, a recursos cada vez más resumidos, todo —argumentaban sonrientes, acariciándose con prolongados gestos serenos el cráneo que ya no se afeitaban—, para obtener dones, y con ellos elevar túmulos funerarios imponentes y blancos, que encerraran para siempre las reliquias, y junto a los cuales, una vez el mensaje impuesto, compasivos y vegetarianos, se retirarían a meditar.

En una ráfaga de incautaciones sumarias, y siempre resguardados con las premisas más benignas, llegaron a confiscar, envueltos en discursos devotos y amonestaciones moderadas que mal disimulaban amenazas, los bienes más vendibles de los potentados insulares que se mostraban reticentes a su misión; consideraron como propios, sin mediar peticiones ni papeleos, las terrazas de té escalonadas y casonas con verandas inglesas repletas de arecas de los otros.

—Los zafiros —adulaban joyeros dóciles, con voces fisuradas y ostensiblemente místicas—, padecen fuera del orificio a que están destinados en el diagrama sin borrones del universo: el que perfora la frente del Sosegado, hacia la parte baja y entre las cejas. Allí, clausurados en el centro de cada sepulcro, libres de aire nefasto, son felices, y esperan sin resquemor la conclusión del tiempo.

Con esos raciocinios, y otros no por menos retorcidos más plausibles, esparcidos al voleo entre diamantistas y usureros —los engatusaban mostrándoles, en la complicidad de la trastienda, entre mesitas azules y empinadas, cubiertas de cofres, coraleros ariscos y quilatadores, algún huesecillo desmoronado, pulverizable al menor soplo—, llegaron a apoderarse de un maletín de amatistas recién talladas, que esa misma noche, para no permanecer en posesión oprobiosa, trocaron contra los andamios circulares del primer mausoleo.

Tuvieron que continuar, para edificar el segundo, franqueando a cada despojo la repugnancia del pensamiento y la palabra impuros —como quien come yerba amarga para purgarse—, inventando embaucamientos piadosos. Raramente recurrieron a la fuerza; siempre a la viveza.

Autorizaron maridajes consanguíneos, comercio con objetos de cuero, mujeres menstruadas en la cocina y hasta la ingestión de animales matados con más de un golpe; llegaron a asistir, con casacas prestadas y laicas, a jolgorios póstumos y banquetes. Acalorado por licores rojos y espesos, uno habló en voz alta y bailó en público; otro, envuelto en un sarong rojo ladrillo, con los brazos cruzados para fingir indolencia, pero el rostro opacado por el deseo, esperó en la playa a un adolescente.

Compraron y revendieron droga.

Mediando regalías, crearon la iniciación abreviada para neófitos: los salpicaban cinco veces, y cinco veces los invitaban a beber de un jarabe: agua y azúcar, mezclados con la punta de una espada. Después, tenían el derecho de añadir a sus nombres el sufijo *Singh* —león— y la obligación de llevar sobre el cuerpo las cinco P rituales: puñal, pantalones —interiores y de seda—, pelo —anudado en un moño en lo alto de la cabeza—, pulseras —de acero— y peine.

Cuando las viejas, que trataban de refistolar con paravanes retocados al acrílico y ornados con motivos profanos —los corregían añadiendo a troche y moche tamborines y lotos—, el tugurio colombino convertido en museo suburbano para escolares píos y tediosos noviazgos dominicales, supieron que por los contornos de la isla proliferaban, en nombre de la congregación, comelatas y asaltos, partieron en cruzadas ejemplares contra los disidentes, que acusaron de hurto y demencia y condenaron, regando agua salada sobre sus nombres escritos en el suelo, mientras recitaban en voz alta, con la cara vuelta hacia ellos, mantras negros, a un salto atrás e irreversible en la rueda chirriante de las encarnaciones.

Para purificarlas, lavaron con leche las camas donde habían dormido los cismáticos.

Los seguidores de las Madres, achuchados, y hasta, que dios me perdone, remunerados por éstas, se dedicaron, con la tenacidad que da la inquina, a profanar o a derruir, en incursiones fulgurantes y nocturnas, las estupas que los detentores de reliquias, apodados sabueseros o zacatecas, edificaban arduamente por el día.

Alrededor de cada cimiento se afrontaban puntuales, echando abajo pilares y piedras, los edificadores y sus tenebrosos adversarios.

Mas poco duró el mandato de las Hermanas.

Rechazados por fieles belicosos y vasallos ofendidos, y tan fanatizados como ellos, hacia la costa, corsarios rapiñeros, truhanes o intrusos, pronto capitularon los demoledores de andamios.

Volvieron arrogantes, pródigos de pormenores épicos, al duplex, ocultando bajo gabanes opulentos costurones y pústulas. Las viejas los recibieron con música de laúd y una fiesta de té, como a guerreros victoriosos.

Los constructores de mausoleos no se dieron más treguas. Pronto la isla "como una reliquia más en un cimborio de perlas", quedó ceñida de estupas encaladas, que atesoraban cada una un resto legítimo, aunque a veces —un diente, un pelo— indistinguible del cemento y nimio.

Venían a recogerse alrededor de las bóvedas, al final de la tarde, los creyentes. Desfile de saris rojos a lo largo de la arena.

Los arquitectos se fueron extinguiendo junto a los osarios. Para no despertar codicias, ni señalar a los infieles lo que contenía, el donador de la cabeza, que se había dejado para la última cúpula, fingiendo incredulidad y hastío, abandonó a la zarza y a los pájaros el domo recién edificado, que disimulaba, detrás de una concha marina incrustada en la torre, como un blasón ostentoso, la caravela.

Las capillas cercanas al mar, asimiladas al culto de los avatares, o a efímeras divinidades costeras, recibieron cada vez más peregrinos y monos, que depositaban

80

en abundancia y engullían cundiamores y plátanos.

Para no agolparse junto a la estrecha portezuela del deambulatorio —obstáculo a demonios gordos—, los caminantes daban vueltas alrededor de los monumentos, dejándolos siempre a la derecha; los rozaban con la mano y repetían, aunque pensando en otra cosa, las fórmulas consabidas, hasta que no significaran nada, hasta el vaciamiento.

Raramente alcanzaban concentración y silencio: los seguían, babosos, pordioseando mendrugos y mimos, charlatanes, leprosos y perros.

Cuando el mensaje se disipó, y del Instructor, los edificadores y las viejas no quedaron más que alegorías desviadas, leyendas municipales, habladurías y anécdotas, las reliquias contenidas en todos los túmulos de la isla, por sí solas, huyeron una noche hacia el norte, hasta el Tibet.

Sobre un abismo nevado, cerca de dos monasterios vacíos cuyos techos superpuestos disimulados bajo planchas de zinc denunciaban cuarteles chinos, tomaron la forma de un cuerpo que se desune, que se va a dispersar como un puñado de yakis lanzados al aire.

Quedaron un instante suspendidos sobre el vacío, fijos, como una banda de pájaros boreales ante un peligro; luego iniciaron a distintas alturas, según su peso, un descenso lento.

La cabeza, como un planeta desorbitado que al caer volviera al estado de lava, de cal o de nácar, en un despliegue helicoidal y luminoso, quedó convertida en una concha marina, tornasolada y gigante, que soplada por el aire emitía un sonido invariable y sordo, vibración carbonizada de un estampido remoto.

Un sonido que fue tornando hacia lo grave, hasta que, seguido por una lluvia de cartílagos, granizos roncos, se apagó en el círculo de un OM.

II

II

El Doble

I

NACIERON juntas y enlazadas. Había salido casi, sin apuros y de un pujo, la una, cuando, golpeándose la frente, la aguerrida comadrona china soltó un grito moteado, como ante una explosión de voladores que se convierten en pericos. Lo que vio la dejó más pasmada que una ducha fría después de planchar: rojiza y firme, una manito agarraba a la naciente por el tobillo izquierdo, como si quisiera impedir que abandonara el túnel o exigiera la tracción hacia el aire, nadador exhausto; la otra mano, con el puño cerrado, le quedaba entre las piernas.

Con tres tirones, que espolvoreó de jaculatorias afrocubanas, la comadrona sacó a la remolcada, que le empetó varios chillidos y musarañas amenazantes, como si la arrancaran de una siesta con un sobresalto.

La partera las separó, abriendo alrededor del tobillo dedo por dedo. Luego, respetando las tradiciones mayéuticas ancestrales, les cortó de un tajo, con un cuchillo mohoso, el ombligo común, las zumbó en una palangana de agua tibia, y con la punta de los dedos les apretó los pómulos "para que se les formen huequitos cuando se rían".

Las envolvió en un mismo cubrecama. Eran tan idénticas y gritonas que había que marcarlas con puntos de colores en la frente para saber cuál había ya mamado y a cuál había que darle dos cucharadas de cocimiento de yerbabuena o dos nalgadas suavecitas para que se durmiera.

Crecieron mirándose a los ojos, asombradas de tanta simetría.

Un día, y por casualidad —jugaban a saltaperico— se descubrió que si pasaban la mano o cruzaban tres veces sobre un rengo o un adolorido, desaparecían en el acto tullidez o punzada.

Las llamaba con frecuencia Mantónica Wilson.

Al centro de una mesa de mantel largo que iluminaba un quinqué, brillaban una piña, mangos, y siete manzanas rojas cortadas por la mitad. Hipnotizada junto a las frutas, la mirada fija en una raya blanca que le salía del pico, aleteaba levemente una paloma.

El ahijado de la curandera había pintado los muros de un rojo parduzco, seco, sangre rupestre. No el contiguo a la mesa: en él, líneas gruesas de carbón, o de una tinta granulosa y densa, entre lianas, cañas de canutos articulados como huesos y hojas aplanadas, de nervios salientes, aparecía un guerrero que avanzaba hacia las frutas un pie cuneiforme y masivo, rígido como un canciller egipcio de ónix. En su doble cabeza, de ibis o de sijú platanero, ojos azorados devoraban espacio.

Dos lanzas cubiertas de flores, o quizás dos juncos, se cruzaban sobre su sexo; orquídeas negras adheridas goteaban por los pistilos una leche gomosa y blanca. Sobre el pecho, unos dedos largos y espatulados, de uñas ovales, sostenían un güiro agujereado, o una media maraca grande y listada, repleta de tuberosas y de figurillas ocres: trompos, claves, cabecitas pasudas, reidoras, con tarritos de chivo, boquitas de colmillos afilados, entre picos y patas de grulla.

Frente al guerrero y sobre el doliente boca arriba, entre marcas de tiza trazadas por Mantónica, en el estilo apresurado de los forenses, daban saltos cruzados las gemelas terapéuticas, con las piernas recogidas y las manitos abiertas, como si cayeran de una canal.

Los quejosos agradecidos les regalaban buñuelos. De suerte que, mientras más zancadas sanadoras daban las jimaguas, más prósperas y rollizas, con los atracones almibarados, se iban poniendo. Por sus dones analgésicos, que confirmaban ecuánimes en las sesiones brinconas de cada mediodía, y por bellacas y ojizarcas, fueron, durante una década, las diosas vivas de todo Sagua la Grande.

Hubo que ocultarlas.

Vivían en un palacio colonial de madera, con tabiques labrados y balcones curvos cargados de esferas armilares, anclas y cuerdas, que daban, sobre un pozo artesano, a un patio de adoquines, siempre cerrado.

Los domingos abrían el edificio a los peregrinos. Lo primero que veían al llegar eran las oficinas, el cuarto de los negros, la carbonera y el baño, y junto al pozo, los volantes. Al subir la escalera se encontraban con una galería embaldosada. Luego, la sala, amplio departamento en que observaban mesas, chaise-longue, cojines bordados, sillas y sofá de bambú. Un cortinaje de muselina blanca y seda azul separaba esta sala de otra más pequeña donde se alojaban las mellizas, con bellos muebles, tocador gótico, escritorio de caoba, centro de mármol y consola, espejos, papel verde y oro. Los pisos eran jaspeados, las vigas de los techos de caoba azul pálido. Obturaban las ventanas rejillas de cedro con minúsculas estrellas perforadas.

Las acompañaban y seguían en juegos y caprichos, sus meninas, parientas y ayas, también, un fonógrafo de bocina, una colección de faisanes blancos y un enano, antiguo modelo para *Monstruas Vestidas* de la Escuela de Bellas Artes que, harto de tiesura, se había apoderado una tarde de caballetes y pinceles y había solicitado incorporarse al séquito de las mellizas, "para dejar la historia gráfica de tan eurítmicos modelos".

Guachinangas y regordetas, se desnudaban en verano para beber guarapo con hielo molido. Sentadas en sillitas bajas, con grandes turbantes de seda espejo, organizaban carreras de jicotea. La vitrola esparcía una musiquita de marimbas, insistente y campanillera.

Cantaban bajito, a dúo.

Por un pasadizo siempre vigilado, que comunicaba las salas bajas, repletas de antiguos muebles españoles, earcomidos o enfundados, con el aposento de Mantónica, a la hora de la siesta dejaban el maratón ofidio y el graznido escalofriante de los pajarracos, para llegar hasta el cuarto del guerrero.

Al encontrar al ciático de turno, y escuchar la llorosa enumeración de sus oxidaciones, antes de emprender los fouettés lenitivos, se miraban una a la otra y, a la vez compasivas y socarronas, alzando las cejas, que ya se pintaban, y abanicándose con grandes pencas de guano, murmuraban:

—C'est ça... oui.

Devolvieron la vida a un presidente, que regresaba, con las alas del bombín negro dobladas hacia abajo, deshauciado por los hermanos Mayo; destrabaron a una rumbera renga, anquilosada por un daño a efecto retardado que la fulminó durante una verbena en los jardines de la Tropical.

Saltaban cada vez más rápido, ya mecanizadas o cínicas, jugando a la suiza sobre los postrados incrédulos, que acostaban ahora boca abajo, como si les fueran a poner un lavado, para poder entregarse sin miramientos a los sarcasmos de la gimnasia.

La acción cruzada de su magnetismo terminó por asombrarlas a ellas mismas y hasta se burlaban de la eficacia ramplona y puntual rendimiento de los milagros.

Una vez al año, el día de San Cosme y San Damián, las *ibejes,* como las llamaban los santeros de nación, salían a los balcones.

Ostentosamente maquilladas, engarzadas entre coronas y joyas aparecían tomadas de la mano, un faisán posado en el hombro de cada una. Se encendían en pleno día cientos de lámparas. Venían con farolas de papel, panales, estatuillas de arroz y cundiamores, peregrinos de toda la isla.

Era la gran fiesta de los sagüeros.

La primera menstruación les llegó de repente y al unísono.

No sabían lo que les pasaba y comenzaron a gritar que les habían dado vidrio molido en el guarapo.

Ese mismo día perdieron todos los poderes.

En vano trató Mantónica, insultando a los *orishas,* de reanimarlos. Cayeron las dos de nalga, y con tal aplomo, sobre las vértebras porosas de un entumecido, que la curva abisagrada traqueteó de arriba abajo y el ocambo quedó todo blando, como un majá apaleado, sobre las firmas de tiza.

Abandonaron el palacio y los vistosos avechuchos.

Trataron de curar siguiendo las indicaciones de una cartilla homeopática, pero fue inútil: los pacientes prefirieron el agua de Clavelito, que se magnetizaba por radio y no costaba nada.

Devolvieron todo lo comprado a plazos.

Tuvieron que lavar pago.

Un don perdido implica el surgimiento de otro, o más bien: lo que desaparece en lo simbólico reaparece en lo real para alucinarnos: pronto descubrieron las menesterosas mellizas que su voz, sostenida por la expansión buñuelesca del diafragma, y por las enjundiosas calorías del guarapo, alcanzaba tesituras potentes y asopranadas.

Dejaron de cantar bajito. Arrogantes y sin fonógrafo, emprendieron a todo galillo los dúos marimberos de los antiguos mediodías.

Con barras metálicas incurvadas, que hacían sonar martillitos redondos, teclas de bronce ensartadas, una flauta, un laúd de fibras de palma, una cítara de bambú y cientos de cimbalillos diminutos dispuestos en tableros, acometieron, para alborozo de la colonia china de Sagua, la primera representación cantada de la ópera, con una coreografía retrógrada de Cheng-Ching, viuda exilada y autora de cinco revistas musicales, y vestuario directamente importado de Formosa.

No aparecían las repuestas gemelas, como era de esperarse, representando el fénix dorado y doble del Imperio, ni montadas sobre un dragón caracoleante en la fiesta de las Mil Farolas; no las seguían unicornios: bailaban en punta, vestidas con overoles verde olivo. Gráciles como bacantes con canastas de uvas, alzaban con el puño cerrado una ametralladora automática, de líneas muy sobrias, y una cartilla luminosa, de páginas duras, abierta al medio.

Al fondo, en un crepúsculo rosado con nubes ligeras, de oro, sobre los techos superpuestos del Templo del Cielo, simplificados por la ignorancia del enano, decorador apresurado, ascendían, con la gravedad de una colonia de flamencos filmados en cámara lenta, cintas rojas en arabescos, barriletes y globos. Las luces, cuyos efectos vespertinos fueron aplaudidos, concentraban sus colores en un círculo móvil alrededor del gatillo y el libro.

El enano había esbozado con más tino el telón siguiente, aunque no logró que corriera entre rodillos verticales en el momento oportuno. Las Simétricas atravesaban, siempre en uniforme y con un solo do sostenido, un país industrializado y vasto: hubo que montarlas en patines y, entre cuatro tarugos, empujarlas a todo lo que daban las ruedas, desde el fondo de las bambalinas.

Tomadas de la mano y tiesas llegaban a una región montañosa y nevada, con torres en las cimas y banderines blan‿ ‿s. Las recibía —y era el bailable final— un coro regular y brincante de extras benévolos, con mantos anaranjados y pelucas de calvo. Jubilosos, les entregaban estandartes y rollos; trataron de abrir portones azules con ojos dorados en lo alto, para que pasaran las mensajeras, pero no hubo manera de hacer rodar hasta la escena el telón trabado que contenía los practicables.

Para la viuda, y para los otros tres organizadores de aquel solapado entretenimiento, las hermanas representaban "La Paz enaltecedora de los Pueblos" y la "Solidaridad entre Países Hermanos en Lucha", para los salados sagüeros, adictos a los suntuosos traseros y visajes lúbricos de las Gordas, éstas fueron, y para siempre, la Divina y la Tremenda.

Al final de una representación, euforizado por las redondeces de la Solidaridad y por el insistente alzamiento dominical del codo, vino a felicitarlas Luis Leng.

Repitió cada día libaciones y halagos. Esperaba a las gemelas en la puerta de la cochera, y las invitaba a su propia fonda; el mulato Juan Izquierdo les preparaba una sopa de nido de golondrina que las patinadoras saboreaban con un silbidito de cuchara, echando atrás la cabeza y con los ojos en blanco.

Festejaron la décima representación con un plato de huevos centenarios que el gâte-sauce adobó, para "crear un súbito", con pimentones à la façon cubaine.

La Paz intrépida, bajo la mesa, rozó la rodilla del "punto filipino", que las engatusaba a las dos por igual con el anecdotario ceilanés de sus padres, su adolescencia sagüera y su ascenso a "chef" en la Embajada cubana en París, y luego en Carolina del Norte, antes de regresar con las ganancias acumuladas de miles de tortillas de cangrejo batidas a mano, para arrendar y modernizar con círculos de neón rosado y una nevera de tres puertas aquel establecimiento destartalado donde con su padre, el Dulce, había tomado su primera copilla de ostiones.

A cada agasajo las iba sentando Izquierdo más lejos de la entrada y en mesas más celestinas y recoletas. Llegaron a confiscar, en su manía de claroscuro, y subordinando al lirismo más neblinoso los argumentos rentables del patronato, el apartado único de la fonda. Pronto la sopa de postre se impuso en la garçonnière, apeadero de Leng en el mezzanine, mientras no se emprendiera su transformación en sala de banquetes.

Las Géminis que, sobre un telón retocado y ya definitivamente fijo, sobresalían en un pas de deux sobre patines todo en arabescos y cabriolas y luego en la interpretación tan picarona y criolla que daban a los pasajes cantados —se contoneaban jacarandosas, como si entonaran María la O—, fueron adoradas otra vez por toda Sagua. Ya a las aclamaciones diarias, y al regreso masivo de bouquets y bocaditos, respondían con engreimientos, fatuas y aupadas:

—¡Flores, flores: duran un día y hay que agradecerlas toda una vida!

Las risotadas convulsivas de la Divina, a la menor astucia o desfachatez del chino, se oían desde el entresuelo hasta el salón repleto del restaurante, donde Izquierdo padecía la máscara sulfurada y reprobatoria de los clientes, máxime, cuando de aquellos ágapes hilarantes sólo les llegaba el audio.

Tampoco, mucho más, a los protagonistas de las aparatosas veladas: no iluminaba el pied-à-terre —sin otro mobiliario que la mesita redonda donde se saboreaba en la cumbancha el enjundioso postre caliente, un canapé cuyos muelles el peso de las rollizas derrumbadas había vencido desde hacía tiempo y algunos percheros con trajes de Leng, recién planchados— más que el vestigio de un cuadrado de neón verde cocuyo enganchado a la pared de fondo, cuyos ángulos encendidos o zafados vibraban casi imperceptiblemente: un ruido de grillo estival, o de scaccia pensiere en boca de pastores desorientados, se hacía sentir en el cubículo, según se apaciguaban las risotadas alternas y bitonales de las gemelas.

Quedaban también, es verdad, detrás del canapé, sobre un lavabo, aunque sin tubo, con llaves altas y niqueladas, y ante el cuadrado parpadeante, restos de antiguas repisas o decoraciones, figuras de madera: los personajes tradicionales del teatro burlesco o de la ópera: dos viejas brujas junto al neón, un niño saltando de una palangana, un mono.

Con el zumbido de fondo —el de la luz fosforescente y vidriosa— cuando terminaban alharaca y salsa, las gemelas se hundían en el canapé y el sueño, sordas y ensopadas.

Entonces se iba acercando, sigiloso, Leng, sin zapatos, en lana tapado: avanzaba en puntillas, detrás de una frazada que, con las manos en alto, mantenía estirada, tensa.

Las duales adormiladas entreveían, delante del cuadrado de neón cuya claridad verde la subrayaba por los cuatro bordes, el avance pausado de una pantalla felpuda, negra.

A medida que lo oscuro se desplazaba, la aureola

aclaraba mejor sus contornos: dos índices doblados, como presillas, lo sostenían por los ángulos superiores; bajo la línea inferior asomaban alternadamente los grandes pies amarillos.

Ya cuando la colcha flotante se aproximaba al diván de las postradas, entonces Leng, de un golpe, como una cortina que se desploma, o una pared de tela soplada en una casa japonesa, la dejaba caer sobre las impávidas, que se apretaban las manos, simulando lividez o desmayos.

Protegido por el derrumbe, o por la brusca irrupción de lo invisible, como un ave cetrera cuando cae la noche, Leng, ya en ristre, se iba desnudando.

Tiraba la ropa, como si estuviera distraído y solo —ya que no acalorado y ebrio—, sobre la frazada, que de trecho en trecho se abultaba, olas lentas, mar de aceite negro. Las privadas quedaban cubiertas otra vez: telas crudas, planchadas, y luego, otras más ligeras, arrugadas, tibias.

El cuerpo liso se recortaba, como una estatua de madera salida del nicho, sobre las del fondo, en la pared gris y lejana donde parpadeaba la luz fría.

Envuelto en una doble opacidad para las gemelas, frente a sus cuerpos sepultados y sonámbulos, Luis comenzaba a acariciarse.

Se apretaba, juntando el pulgar y el índice, como quien indica el cero, la base corpulenta del miembro que, hinchado, apenas cabía en tan ríspido aro. Se pasaba la lengua por los dedos, reformaba el círculo, lo iba deslizando, cerrando desde la cabeza hasta el toque de las esferas. Sobaba con devoción el lingam, como un shivaíta tridentino convocando el derrame galáctico sobre la yoni. Ya cuando sentía que la centella germinadora subía por los alambiques ovillados, entonces se acercaba a la frazada que envolvía a los bultos simétricos y, entre su ropa sudada, como un jabalí en la gruta, se escurría ligero.

Las estremecidas, vueltas una contra otra, lo incrustaban entre sus volúmenes; a través de la espesura ondulada y negra, por delante y por detrás, sentía Leng sus alientos y calores idénticos.

Cuando cesaban suspiros y acezos, y siempre emburujados, quedaban rendidos.

Los despertaba, tarde en la mañana, no la luz —siempre cocuyenta y temblorosa—, sino los urgentes trajines de Izquierdo que, atareado, abría persianas y descorría cortinitas polvosas. Tiraba sobre las mesas, al voleo, ante las ventanas abiertas al mediodía, tenedores y frutas.

Para el desayuno frugal de los portuarios, en una rebanadora vieja y rechinante, iba preparando los primeros sandwiches.

II

LA TREMENDA aterrizó, o más bien quedó zambullida en una piscina, frente a una iglesia de la Caridad, en las afueras de Miami, entre delfines que la recibieron con gritos indignados.

El enano, que sin abandonar su boina ladeada y su paleta, la esperaba con una bata de baño abierta y un tazón caliente de leche con canela, la calmó y condujo por un pasillo alfombrado.

La Gordona, aún muda de azoro, se daba topetazos contra las paredes, que levantaban lamparones con figuras, abría las manazas para apoyarse, como si avanzara por el corredor de un barco desanclado o le hubieran diseminado perdigones en el laberinto. El chapuzón la había aletargado más que una jarra de vino de papaya o un pespunte indebido de acupuntura.

El enano la precedía, agitando una campanilla de cobre, como para anunciar en un mercado el paso rosáceo de un leproso, o la quema pública de un reticente al bautizo: los destellos rojizos se trizaban en el mural que ocupaba todo el pasillo.

Sí, el nimio había euforizado sus primeros mediodías floridenses ejecutando una frondosa *summa* botánica, con ínfulas hiperrealistas y densas alegorías rurales, donde volvió a ejercer la destreza que, después de los telones tibetanos, había esparcido en frescos luminosos y biombos para interiores afrancesados o tumbaderos discretos.

99

Su tesón en la conservación de las costumbres criollas, y la guayabera de alforzas con que se vestía para asistir a las fiestas de quince, le valieron más tarde, entre las generaciones congeladas de la Sabuesera, el mote de "Pedacito de Cuba".

Pedacito —pronunciaba la c de su apodo como si tuviera una gran cedilla, o como si, desde un reservado de cortinita roja, llamara a un camarero cómplice, en una pensión apañada de Sagua—, con el fresco, quería reflejar —decía—, aunque invertida, la Historia. Y mordisqueaba con fruición un pan con timba, su merienda favorita, con más estratos que el cañón del Colorado.

A lo largo de los muros y de los días, había distribuido, en su furia folklórica, sin respetar repelencias y con su fondo propio, todo lo que pudo copiar de un *Álbum de Oro Zoológico* que terminara en *cubensis*.

Coexistían, y hasta se imbricaban en la más amanerada simetría, flamboyanes y careyes, ceibas y libélulas negras, helechos gigantes, lianas, guásimas cubiertas de musgo, árboles de bosque, de sabana y de sierra, canisteles, caimitos, verdolagas y jutías, el todo, como era de esperarse, saturado de mangos, piñas confitadas y palmas reales.

Retozaban, en medio de la maraña arborescente, un zunzún irisado, un majá cabezón, de ojos fogosos, y una arañita. Se le habían escapado a Pedazo unas nueces. También fresas, para romper la monotonía de los verdes, una ardilla colorada, un gato marsupial, y hasta un ratón-canguro de la Sierra de Sonora.

Para concluir tanta maestría, había situado dentro de aquella maniática jungla, aunque en una esquina y cerca del enchufe, dos barbudos prudentes, perdidos en la espesura, que avanzaban a lo largo de una alberca natural repleta de peces, entre los que se encontraba, suspendido en la densidad transparente y veteada del agua, moviendo rápidamente las aletillas caudales —logro formal de Pedazo—, dormilón y arcaico, un manatí.

Los insurrectos se adivinaban apenas, mimetizados con el fondo, entre bejucos que se trenzaban, iniciales de miniaturas, margaritas enormes que brotaban sobre hojas rugosas y fracturadas como rocas, espigas, y papiros de tallos rectos y dorados que atravesaban todo el muro, lanzas finísimas.

En primer plano, castañas gigantescas, escolopendras, caracoles y erizos.

Los rostros aparecían ligeramente deformados, acromegálicos y filosos, con grandes narices dilatadas y oblongas, como vistos en la superficie cóncava de un espejo; también las barbas, los detalles minúsculos de los bonetes verdes, y hasta los trajes remendados, húmedos.

No lejos de un escollo coronado de secos juncos, lo había encontrado el enano sobre la arena, aferrado a un tronco de pino. ¿Era un gigante del océano, que había errado con las mareas equinocciales, demasiado lejos hacia la tierra, como esos vermes ciliados que siempre van más allá de sus fines? ¿De qué naufragio escapaba? ¿Era un dios el que, para burlarse de él, así se presentaba, abrazado al delfín de madera? ¿Era un espía?

En todo caso, el enano quedó petrificado en punta de pies, pose de fauno, como si hubiera visto una tarántula. Luego, con movimientos dionisíacos, se fue acercando al yaciente. Lo tocó. Lo sacudió por los hombros. Lo volvió de lado.

El varado soltó por la boca un buche de agua espesa, que dejó en la arena una mancha transparente y gelatinosa, como una medusa pinchada.

Viendo que no reaccionaba, y sin avisarle a nadie para que no le incautaran el hallazgo, el enano lo arras-

101

tró, desplazándole una por una las extremidades, hasta la pérgola próxima, donde, después de pescarla, había instalado a la Tremenda.

Lo envolvió en lo primero que encontró en el escaparate: una sábana camera tipo matrimonio. Como una bibijagua con un canario muerto, logró llevarlo hasta el borde de la jungla.

—No se mueve —comprobó eufórico—: será el regalo ideal para la regordeta.

—¡Sorpresa! ¡Sorpresa! —vociferaba el enano mientras avanzaba, con las piernecitas dobladas de tanto esfuerzo, a lo largo de la Transamazónica, como llamaban al pasillo cada día más frondoso.

Con los brazos hacia atrás, como si lo hubieran cosido al revés, arrastraba como podía, ayudado por la lisura de las felpas, una gran sábana de lino, rectangular y almidonada, con los pliegues aún visibles, como si hubiera pasado mucho tiempo doblada. Sobre ese sudario rodante, aún inconsciente y maltrecho, yacía, brazos y piernas abiertos, como si flotara sobre la tela, el macho espeluznante, boquiabierto y desnudo.

Nada es perfecto: tenía los pies rajados, las manos con manchones de coágulos, hinchados los labios y los párpados.

—¡Adivina! —le gritó a la Tremenda que dormía la siesta con sus bolsas de hielo en la frente, asomando la cabecita sudorosa por la rendija de la puerta, con un mohín sardónico.

—Ya sé —le contestó la Gorda, revolcándose toda entre sus cubrecamas—: azúcar prieta.

—Mira. Mira bien —empujó con uno de sus grandes zapatones ortopédicos la portezuela del antro y avanzó de un tirón.

102

La Tremenda percibió, en los tonos del sueño que dejaba, primero los pies llenos de cuarteaduras, luego las piernas fuertes, de rodillas enormes, un troyón, aunque dormido, regordete y, sobre él, las manazas arañadas. Los labios hinchados, sí. No los párpados: era Luis Leng.

El enano, terminado el hercúleo tironeo, no pudo avanzar más y cayó acezante y exhausto a los pies del lecho, sobre una piel de cordero.

La Tremenda se incorporó. Los ojos como dos linternas, más incrédula y azorada que un gato ante un inhalador Vicks.

Fue ella quien terminó de tirar la sábana, y con una fuerza tal, como si halara la gaveta llena de bizcochos de una alacena, que el macharrán alzó la cabeza, como quien sale de una siesta después de un lechón asado con hojas de guayaba, o de una borrachera. Comprobando la futilidad de todo lo que lo rodeaba, se dio media vuelta, apoyó en el brazo derecho la cabeza, cerró los ojos y, con un ronquido breve, volvió a su nirvana.

(En el rectángulo de lino cuadriculado quedaron, tachonazos negruzcos, las marcas de las heridas, cuños de lacre.)

Ella, al contrario, al verlo de cerca, se sintió tan motivada y feliz, que se le rompieron las ligas de los bombachos:

—Creo —dijo toda ablandada y húmeda, los ojos como los de una virgen de la iglesia de enfrente— que tengo un alma inmortal.

No se sabe a qué escarnios, aprovechando sus contusiones y desnudez, sometieron al chino.

Cuando éste pudo incorporarse, apartó de un empujón a la Tremenda que, inclinada sobre él, se acariciaba los senos, enfundada en una faja roja y elástica, y de un puntapié al enano, que se acercaba con los brazos en alto, y entre las manos un falo plástico.

Huyó a lo largo de la Selva, virgen, dando tumbos y trastazos.

Los lascivos no pudieron alcanzarlo: un ruido de hélices, seguido por un derrumbe de vidrios, súbito como un terremoto santiaguero, los dejó paralizados y sordos: sobre el techo art-nouveau de la pérgola, desbaratando las delicadas estructuras vegetales de cristal irisado y de hierro, zumbada con mala puntería, caía la Divina.

La Tremenda la recibió con gritos indignados.

El Puño

I

LA TREMENDA yacía desparramada, como si la hubieran vertido desde muy alto, soufflé rosado. Por el suelo, y con la cara de la carnosa entre las piernas, una voluntaria arrestada, lentes de contacto y uniforme de enfermera, como si la estuviera pariendo sin dolor, halaba las ligas negras de la Colosal y enterraba en el tapiz los tacones: las medias ascendían a lo ancho de los rollos de pulpa, dilatadas como una boa devorando un cordero, enguantándolos.

Le prendió a la abotagada en el lóbulo de la oreja unos caracoles balineses con listas de diferentes rojos, copiados de caramelos italianos; para recogerle las papadas de paloma rabúa, y poner coto al desplome del rostro, la tiró por los pelos y se los anudó en un moño rápido en lo alto del cráneo; con una cinta apretada, como la de un vencedor ático, le acumuló sobre la frente los pliegues celulíticos: ocultó la represa con un african look. La rolliza, aletargada y babieca, se reía sola, con brillito de baba en los labios; se miraba las manos, tortuguitas gemelas, afable y boquiabierta como un morón.

Para reanimarla, tal era el limbo en que la sumía la "falta", la asistente le dio un par de galletas, la atragantó de mandrax con gin-tonic, le encajó una dentadura postiza, que la dejó vivaracha y sonriente como si acabara de echar una moneda en la ranura de un fotomatón, y, en plena arteria, una jeringuilla que largó un chiquete blancuzco, repentino y a dos tiempos como el lechazo de un árabe. Los ojos le centellaron: eran los de un ratón huyendo a lo largo de un túnel después de un banquete con pasta eléctrica.

—¡Qué linda es la vida! —suspiró la Monumental, ayudando las medias a envainarle los mazacotes de los muslos.

—Párate como puedas, cariño, que hay otra corpulenta que disfrazar de ti.

La Atocinada se incorporó, avanzó hasta la ventana, pétrea y aplomada, y allí quedó junto a la noche grisácea, contemplando los reflejos ondulantes y azogados de los rascacielos.

Con la ceja derecha encabritada, el enano siguió escrutando, a desgano, las joyas que, de tan afocantes y voluminosas, le mantenían separados los dedos: eran el cinco de una cartilla. Entre las alhajas posaba distraído la vista sobre un rollo de seda muy amarillenta y pasada que, como podía, iba desplegando; en él, un chino flacucho y ojeroso, vestido de funcionario, con un bonete de faisán dorado y varios cintos constelados de piedras preciosas, polvo y pintura de labios, mostraba, con la mano derecha, como si fuera una antigua moneda ahuecada o un lente astronómico, un anillo de jade verde claro con dos dragones peleando; con la mano izquierda, se abría la seda negra del bombacho para dejar salir, blandote, un miembro perfectamente cilíndrico, de cabeza y capuchón gordos. Junto a la base, de un lado y otro de la portañuela, empujaban la tela dos gruesas esferas.

En el rollo, vistas desde muy alto, dos mujeres desnudas y adiposas, con peinados estrambóticos y duros como cascos, se superponían, enmarcadas por los pilares negros de una cama, sobre un edredón bordado. Un espejo redondo, fácil astucia de los amanerados pintores que suscitó el academismo despótico de los últimos Song, las repetía con detalles excesivos, a tal punto que la pareja real parecía un reflejo difuso de la que, concisa y minúscula, detenía el cobre pulido.

La Tremenda volvió al centro de la sala acompañada. Y en patines.

La seguía, o más bien la duplicaba, la Divina, igualmente raspada de cejas, con los párpados tan encostrados de strass y la boca tan restallante como la de ella. (Eran adeptas, las desmesuradas, del pequeño atorrante indonesio descubierto en una palangana, que a su paso había diseminado la técnica de la iluminación por el asombro.) Rígidas las dos, ya se verá por qué, siempre de frente, y lanzadas a todo lo que daban las ruedas, atravesaron en diagonal la sala, sin tomar impulso, como si en los talones llevaran propulsores.

Un malacó de alambre desplegaba los faldones en almidonadas campánulas espejeantes; por los bolsillos delanteros, cosidos con flores, campesinas de un ballet con mensaje, asomaban dos ronroneantes lánguidos, de iris dilatados y bigotes blancos. Anudados al frente como los lazos de un zapato, los corsets que contenían los suplementos se abrían por lo alto en orlados escotes: desbordaban, separadas por encajes blancos, cuatro esférulas tensas, siempre frías.

La segundona se mantenía con las rodillas dobladas, como iniciando una reverencia cortesana, un poco más baja que su modelo: su brazo derecho desaparecía en el miriñaque de la Tremenda; el izquierdo, mantenía un plato con un tazón velazqueño y el equilibrio: juntas eran un test de inteligencia con clavos enganchados, la figura bicorne a que las parejas se ven obligadas para entretejer las cintas que forran el mástil en la amañada coreografía de una fiesta montañesa.

El enano todo partido bailaba con una pierna levantada y los brazos al revés, como si lo tiraran hacia atrás por las manos. Se había tomado tres cervezas de arroz nepalés, cuyo efecto es inversamente proporcional al volumen que irrigan, y con gritillos roncos proclamaba que era una "enana helenística agitando crótalos".

Embaladas como iban, las Colosales, con una ligera inclinación de las piernas, dieron una vuelta rápida, diestras como patinadoras soviéticas sobre hielo.

Se abría el traje de la Tremenda por atrás, una faja de ballenas desabrochadas. Los ganchos zafados apresaban los orondos hemisferios glúteos, entre los cuales se hundía, hasta la muñeca, la mano de la Obesa Dos. Un dije de plata muy apretado y ancho, como el brazalete de un esclavo abisinio o la manilla de un artrítico, lindaba con el aro rosa dilatado.

La segundona estaba tan campante como si sacara un doblón de un cofre, revolviera un baúl de ropa sucia, o arrancara un gato agarrado al fondo de un horno.

Tres letras en la manilla, minúsculas rectas, muy del Bauhaus, delataban en la rolliza sosia, y por ende en su modelo, contubernio con la secta naciente del templete a mano: "f.f.a." Fist Fucking of America.

II

VILIPENDIADAS, pestiferadas, temidas —ergo: retratadas— disparadas, depiladas, atragantadas —gin y ginosterona—, llegaron al *Jardín de los Song* la Tremenda, la Divina, y otras girls del cortejo —el enano entre ellas—. ¿Regresaban, hartas, de una excursión punitiva? ¿Se preparaban para una cruzada? Citaban a caja destemplada el decálogo de la secta, fanáticas pegadoras de mariposas, miembros de un comité de defensa, medievales niños posesos.

Pescando el menor desliz, siempre alertas, se denunciaban unas a otras, se enviaban a granjas de rehabilitación, sabuesas de enemigos internos. Husmeaban babeaban: perros adictos y privados, buscando en un barco napolitano un maletín de opio. Querían difundir las consignas: en los teléfonos, al descolgarlos, por radio, y con grandes altavoces, en la calle, hasta en los trenes. Sacudidas de fervor lisérgico gritaban ¡guerrillas ejemplares!

Cuando abrían, en el guardarropa de la entrada, los maxis de leopardo sintético, quedaban trasvestidas del modo menos previsible. Iban entrando al restaurante y ocupando sus puestos en la mesa del fondo, donde, entre globos de papel cagados por las moscas, lamparitas cucarachientas y vapores de sopa agria, las había disimulado el maître d'autel Luis Leng después de tratar de reprimirlas, expulsarlas y mantenerlas a toda costa en el exterior o el inconsciente. Del modo menos previsible:

111

bajo el maxi de leopardo sintético, todas, de leopardo legítimo; algunas, en las muñecas, aún destilando sangre y tinta verde, tatuajes copiados de terroristas japoneses; otras, brazaletes de piel humana: yoruba con caracolitos incrustados; rosa lepra; avitamínica pecosa; acuñada, de cimarrón martiniqués; arrugada pero de niño —senectud precoz— y otras variantes de la joyería dérmica. Las atravesaban las bandas de lona de esas carteras de la segunda guerra, tan prácticas, que les dieron nombre: las Comando. Las que aún tenían qué, lo conservaban en un estuche peniano, de guano tejido, con motivos batik.

Para escapar a los milicianos, y a los obreros de vanguardia, se escondían en los urinarios del metro, dormían sobre rejillas, en las aceras humeantes; se cambiaban de ropa en la morgue: palidez escorbútica, se les helaba la sangre, caguayos. Mal disimulaban las aspersiones —extracto de piña de Paco Rabanne— el vaho, igualmente dulzón, del músculo afaisanado, embebido en formol.

La Tremenda, con unos cubalibres encima, emprendía la exégesis del puño. Las otras asentían, resonaban, multiplicaban anatemas, arrojaban —como un pulpo arponeado tinta negra— los mandamientos e intolerancias de la Obesa.

El universo —recitaba el enano como si estuviera en una habitación hexagonal y blanca, acariciando un pelícano atragantado con un salmón coleante—, es obra de un dios apresurado y torpe. Su pretensión lo llevó a concebir cosas sublimes, rosadas y con pisos, como un cake helado de La Gran Vía; también le salieron —añadía, señalando con un índice oscilante, de falanges hinchadas como canutos, a la Tremenda, con una musaraña repugnante, como si le pegaran a la cara una papaya abierta— mamarrachos como éste: un pedazo de carne con marvelline en los ojos. Nuestro propósito —concluía exaltado—: el caos total. Terminar con esta jarana de mal gusto que todo rememora, desde las auroras boreales hasta la tortilla tahitiana.

Llegaban los chinos y quedaban petrificados a la vista de las fanáticas. Iban recuperando luego movimientos lentos y desleídos, en tonos pálidos, de finales de ópera cantonesa. Pasaba una azafata morosa, pelo en dos mazos atados con ligas, delantalcito mojado, distribuyendo ceniceros de cerámica blanca, con una marca de coñac en el fondo, virando al revés los manteles manchados de ajipicante con semillitas y recogiendo los que tenían salpicaduras negras; con pliegues rectangulares visibles los iba amontonando cerca de la entrada, en una pila blanda, como sábanas ensangrentadas bajo una mesa de operaciones: dos viejas harapientas los alisaban con una regla.

Detrás de los manteles y de las viejas, contra la pared rojiza, una máquina con palancas bajas destilaba un caldo oscuro y borroso. Un spot amarillo iluminaba un acuario. Dos peces, velo de clara de huevo, chupaban la cabeza hinchada y lechosa de un mismo tallo de bambú.

Entró al salón Luis Leng, largo y ojeroso —amarillento siempre lo había sido—, pelo engominado y modales agrios, como si hubiera cogido un berrenchín; servía, botándolas todas y ya calientes, las cervezas que una hora antes le habían pedido.

Al verlo de cerca, la Tremenda se sintió tan motivada y feliz, que se le rompieron las ligas de los bombachos.

—Creo —dijo toda ablandada y húmeda, los ojos como los de una virgen de la iglesia de enfrente— que

113

tengo un alma inmortal.

Y con la misma, para evitar la rivalidad previsible, puso como un trapo a la Divina, por una cuestión cosmética, y la desinfló para siempre de un pinchazo, pretextando en ella, para sacarla del relato, erotismo oral, penis need, revisionismo y veleidades mozartianas, con una pizca de confucianismo retozón.

El enano inició los aplausos.

Luis Leng, al contrario, al detallarla en close-up hiperrealista con pelos y señales, salió disparado y colérico —¿recordaba las afrentas floridenses?—, tanto, que viró la salsa de camarones chinos y frescos, variante tozuda de su invención, que traía en una bandeja, lista para adobar un plato de kimbombó.

(Al conocimiento de la cocina milenaria y refinada, unía Luis Leng el señorío de la confiture, donde se había refugiado su pereza en la Embajada de Cuba en París. Había servido, más tarde, mucho pastel y pechuga de pavipollo en North Caroline. De regreso a Cuba, formó al mulato Juan Izquierdo, que añadió a la tradición la arrogancia de la cocina española y la voluptuosidad y las sorpresas de la cubana, que parece española pero se rebela en 1868.[1] Al triunfo de la revolución, y más por falta de materiales para tratar el carnero estofado de cinco maneras que por convicción o desaliento, habían emigrado, el chino y su alumno, a las fondas criollas de la octava avenida, pero, repugnados por el abuso demagógico de la salsa de soja, y por los almíbares y pastas refistoleras con que la cocina cubana trataba de mantener su exuberancia en el exilio, habían vuelto a París, donde la destreza de ambos para el adobo de los camarones había encontrado merecidas reverencias.)

1. José Lezama Lima, *Paradiso*, Era, México, 1968, cap. I, p. 17.

Blasfemó en distintos dialectos, rociados de habanismos cáusticos de los fifties. Luego, como había aliñado el pudor dinástico de los cantoneses con las manías toscas de los cubanos, se rascó irritado los huevos y dedicó a la Tremenda una muequitaoísta de repugnancia ofendida, como si le dieran a oler un pato rancio.

Volvió raudo al fogón. Le dio un puntapié a un gato. Echó con brío una empellada en el sartén y varios ajos. La cocina se iluminó por un instante de un chisporroteo anaranjado, como el de una tienda de campaña en espera del enemigo.

Viéndolo así desaparecer, la Monumental fue presa de un gran sofoco interno. Se tomó un divinoctal con té de jazmín, se pinchó un dedo con el pico de la grulla que traía colgada, trató de tener hambre, de dormir, de recitar in peto "Pasarás por mi vida sin saber que pasaste", de pensar en otra cosa. Pero fue inútil. Se sorprendió a sí misma: iba del reposo al movimiento lento, sin arranque inicial, flotando casi, como un dirigible movido por cuatro hélices.

El enano y las otras gasolinas, viendo a su máximo líder perderse en los senderos, que se reúnen en el último cuarto, del Jardín, se apresuraron en pagar con monedas sacadas de un bolsito de malla los "arrollados de primavera" que habían pedido como entrada y, a sabiendas de que con el eclipse de la Masiva el banquete se acabaría como la fiesta de los propietarios, fueron haciendo mutis por la entrada, con suspiros funestos, sacudiendo las boquillas, al pasar, sobre la pila de manteles.

Desde lejos la Tremenda fue percibiéndolo, impreciso, como detrás de una pantalla de fibra de vidrio o detrás de la lluvia cambodiana de octubre. ¿Eran sus iris, enturbiados por el homenaje barbitúrico a Greta Garbo, o el humo de los langostinos fritos que salía de la cocina en vaharadas vermeerianas, asfixiando casi a un canario que acezaba en una jaula cagada, y dejando en los abrigos ese olor a refrito que denuncia la economía culinaria mandarinal?

Anyway, lo veía. Era él: manchón negro, brochazos furiosos de betún —el pelo revuelto, tachonazos de laca—, y abajo, blanco rígido, el chaleco, las manos muy pegadas al cuerpo, grandes botones, marcas de manteca, costuras negras.

Era él: manchón negro, brochazos furiosos de betún, rápidos, como los de la camisa de un fusilado —el pelo revuelto, tachonazos de laca—, y abajo, blanco rígido, el chaleco, las manos muy pegadas al cuerpo, grandes botones, marcas de manteca, costuras negras.

Estaba en el primer cuarto. Un reloj pulsera verde estampaba de cifras fluorescentes la penumbra y la sábana, agujas de fósforo casi invisibles, como sobre el fondo movedizo la fuga de un banco de sardinas.

Se acercaba a él la Tremenda. Se abrían ante ella los canutillos de la cortina como las páginas sonoras de la novela del aire; los separaba la manaza percudida del guachinango. Por el ancho de los dedos, y la longitud, que calculó en seguida, del mayor doblado sobre la palma, vaticinó, para su capote, exultante: tremendo troyón.

Entró a la cámara con un saludo tan aparatoso y desplegado que los canutillos se cerraron de abajo a arriba, con un rumor de matraca vietnamita para espantar los espíritus intrusos.

El macharrán la esperaba, acariciándose el bulto con la mano derecha; se metía el dedo entre los botones de la portañuela y hasta entre las piernas, bonachón; sonaba con los dientes como si chupara un canuto de caña avinada.

Junto a un teléfono de manigueta, adosado a la pared —papel chinchoso, flores y fénix—, un tubillo de neón blanco trazaba un cuadrado. Dentro de ese marco parpadeante, en un nicho excavado en el muro, dos estatuillas de madera: ancianas de greñas grises y ojos rasgados, risillas desdentadas, vestidas como leprosas o como brujas coreanas; esgrimían, de su mismo sándalo, tabletas en forma de cuchillo. Las separaba una vasija.[1]

Un paraván de dos postigos, que articulaban gruesas bisagras, ocultaba una puerta baja, con emblemas de buen augurio. En uno de los postigos, figurada con puntos acrílicos, vermellón en la córnea de los ojos, mejillas verdes, una obesa cantábile, mirando al espectador, se levantaba, con la mano izquierda, la falda de vuelos, dejando ver una rodilla pulposa, color salmón, de contornos grises apoyados. La punta del zapato alzado ocupaba el primer plano. La mano derecha, que apretaba un dije de plata, quedaba cortada, a nivel de la muñeca, por la ranura.

Aparecía en el otro postigo, con los dedos muy unidos, como en un mazo, frente a los glúteos, desparramados a la Botero y con reflejos verdosos, de otra obesa similar, de espaldas pero también mirando al espectador, con las patas abiertas y la falda de vuelos levantada, desafiante, como si terminara una danza pírrica y no un French can can.

La Tremenda apartó el biombo. Tocó los emblemas de la puerta. Un lecho imperial, de madera, ocupaba casi

1. Luis Leng era el encargado de ese altarito.

toda la cámara. Una cortina púrpura, con cuatro perros bordados, ocultaba, entre los pilares, una celosía.

En el interior, sobre una repisa, dos círculos de bronce pulido con asas en el reverso, un pincel, tres moteras abiertas con ungüentos y polvos de distinto amarillo. Entre las almohadas, de una rejilla fina, brotaba el resplandor de las brasas que calentaban el lecho y lo perfumaban de incienso. Sobre el edredón espeso y estirado, con trigramas negros, dormitaba una china mofletuda y muy blanca, nacarada casi; agujetas plateadas le atravesaban el pelo negro, recogido en un moño compacto que coronaba un penacho de grandes flores pálidas. Otra china desnuda, igualmente robusta y peinada, la recubría y acariciaba. Los bollos se entretocaban, se apretaban, se frotaban, hasta que los labios se abrieron como las bocas de dos peces devorando yerbas acuáticas.

Cerrando con prudencia el paraván, entró al cuarto Luis Leng. Descorrió la cortina. Cauto, se arrodilló entre los muslos de las mujeres que se acariciaban. Ya cuando iban a venirse, les separó los bollos con las manos, interponiendo el miembro entre ambos. Recibían así las dos el cetro de jade cuando Leng lo empujaba bruscamente hacia adelante y lo retiraba luego poco a poco. Se abrían para atrapar la misma cabeza blanca, hinchada y lechosa, como bocas de peces golosos absorbiendo agua clara y escupiendo agua turbia ante un mismo tallo de bambú.

Circundaba la base del miembro, muy ajustado, un anillo de jade con una pareja de dragones en relieve. Las lenguas de los animales, enrolladas una en la otra, formaban una espiral saliente. Por el orificio que dejaban las colas, penetraba una cinta de seda blanca pero manchada de negro, como si la hubieran hervido en un remedio, que pasando entre las piernas iba a anudarse en la cintura.

Y así estuvieron el tiempo de hacer una tortilla. Jugaban, se tocaban en silencio, o con risitas ahogadas, ante la Tremenda, que seguía los movimientos embelesada y cabeceante, con las plantas de los pies unidas y la boca abierta. Interrumpía el cascabeleo maruguero de su cofia —sí, estaba ya desnuda, se había encasquetado una armazón de flores de hojalata, frambuesas abrillantadas y viñetas de habano encontradas en un cofre laqueado—, el de las campanitas del restaurant anunciando la conclusión de los platos y reclamando inútilmente la pericia distribuidora de Leng, quien, otra vez detrás del paraván, absorbía daiquirí tras daiquirí: su oralidad liberada lo substraía siempre a la ritualidad cantonesa, que organiza el placer como una fiesta cíclica o una cacería, para devolverlo al guapachá santiaguero, cuando en compañía de jabaos y guachinangos descifraba sus insomnios en los balluses libaneses del puerto, desasosegado por los fuacatazos de la corona leibniziana del Bacardí.

Los cimbalillos capilares de la Tremenda eran interrumpidos por el tintineo gastronómico, y éste por los sostenidos, con voz de bajo caucásico, de un reloj de pared, respondiendo, puntual y engolado, a los dobles de San Sulpicio.

La suma sonora de metales tan disímiles era la de una quincallería siciliana cuando tiembla la tierra o la de un gamelán javanés cuando detrás de la cortina de cuadros blancos y negros va a aparecer una mona gigante mordiéndose una teta.

Después de los mojitos de Carta Oro y algunos buches de caramelo vital, que libó con ancestral parsimonia, como si entreviera la solución de algún *koen*, y mientras modelaba con esmero —y con la mano untada

119

de manteca de majá— el tallo de jade, volvió, lento, a la cama imperial, donde orondas, las tres huríes, en cuclillas sobre el espejo, se contemplaban las rendijitas mientras se pintaban de escarlata los pezones y se perfumaban las verijas con after-shave.

Cuando reapareció de este lado del paraván, en pose de halconero, ya tenía *in mente*, alzado por los espíritus menores del Bacardí, toda la mise-en-scène de su teatro pedagógico. Mientras mordisqueaba las rodajitas de naranja prendidas al borde azucarado del vaso, y se rascaba, como para comprobar que seguía en su lugar, el costurón entre las dos esférulas, había concebido la realidad como un lugar vacío, un espejismo de apariencias reducido al mito de su representación canjeada.

Sacó el cubrecama. Se acostó boca arriba, con las manos en la nuca. En el espejo de cobre, sobre la repisa, se contemplaba a sí mismo contemplando a las tres mujeres que escudriñaban en el otro espejo sus intersticios.

La estaca le fue creciendo; el frenillo la tiraba, cada vez más erecta y dura, hasta que alcanzó su posición de torre. De la repisa, junto al espejo, tomó un pote de crema. Hundió en él los dedos y con ellos embarrados, comenzó a sobarse el glande. Por el orificio apuntó una gota gruesa y translúcida: en ella, cóncavas y miniaturizadas, se reflejaron las chinas recogiendo el cubrecama.

Velaron el cuerpo de Leng, como si fueran a amortajarlo. Una de las amarillas, con los brazos abiertos, tendía los extremos del paño junto a los pies, la otra junto a la cabeza. Posada sobre el macharrán embadurnado, la red de trigramas negros fue cubriendo los salientes de esa topografía de valles breves; la elevaba en el centro un Merú, como el puntal una lona de circo. La tela, al caer, indicó primero los contornos, las mesetas;

lo fue dibujando, cincelando, como en el mármol el cuerpo de un esclavo; subrayó los menores accidentes: el anillo de jade con sus dragones. Una mancha aceitosa se fue extendiendo, por círculos concéntricos, a partir del mástil, cuyos latidos sacudían la carpa de sismos breves.

Ya cuando el lino lo modelaba sin residuos, doble vacío que el cuerpo imprimía, cera en que respiraba acompasado, lento, como envuelto en algas, entonces, miró el yaciente, resuelto, a las simétricas chinas, dando con la cabeza una señal discreta, como un bailarín de circo presto a ejecutar las boquiabrientes variaciones del platillo girante sobre el bambú:

—Hagan ola —les ordenó en voz baja.

Con excesiva cautela —¿cumplían con un rito gastado, repetido hasta el simulacro? ¿habían penetrado hasta esas trastiendas las manías protocolares del revisionismo?— y con la punta de los dedos, las grandes amarillas, siempre a la cabeza y a los pies del Río, tomaron las puntas del sobrecama. Empezaron a moverlo de arriba abajo, primero tímidas, con sigilio, develando una estatua, luego más fuerte, como para hacer saltar un pelele, finalmente fue un mar desatado, de tifón, con olas altas como casas lacustres y abismos que barrían sargazos sobre la arena.

A cada marea baja el paño se posaba sobre la almena; el roce de los trigramas ásperos endurecía y dilataba la cúpula bruñida. La Tremenda no era más que mirada, o más bien, depositaba su mirada, como dándola al pincel, sobre la tela descendiente; lo inapresable la fascinaba, como el dragón de las fiestas vietnamitas. Seguía las ondulaciones del Tao, embobecida por aquel torturante subibaja que era la transmutación asiática del *fort-da*, del quieres el pastelito te lo quito.

—Cógela con la boca, sin tocarla —le ordenó enton-

121

ces Leng.

Las sacudidoras arreciaron. La Tremenda se acercó a la carpa flotante. Abrió la boca. Quiso atrapar pero no atrapó nada. Sacó la lengua. Las mujeres se reían, agitaban los brazos como para despojarse de los seres que atrasan, con invisibles pañuelos rojos. En cuatro patas, la Tremenda babeaba; el polvillo de lino la hacía toser. Se ahogaba. Abría y cerraba la boca como un pez en seco. Daba manotazos. Jeremiqueaba. Ya no veía donde hundía la cabeza. Trataba aquí y allá, exhausta. El armatoste capilar campanilleaba.

Iba a caer desplomada cuando la columna se le hundió en la boca.

Los dragones de jade le oprimieron los labios.

El Doble

I

Y aun dentro de la prisión las brujas se las arreglaban para ir al "Sabbat", según puso de manifiesto una muchacha de Azcain apellidada "Dojartzabal", de quince a dieciséis años de edad. Esta misma declaró que, queriendo el Diablo algunas veces llevar muchachas al aquelarre, coloca en los mismos brazos de sus madres una apariencia o doble, cosa que le había ocurrido a ella, pues al volver se encontró a su madre con su doble infernal.

PIERRE DE LANCRE, *Tableau de l'inconstance des mauvais anges et démons où il est amplement Traicté de la Sorcelerie*
(París, 1612),
y JULIO CARO BAROJA, *Las brujas y su mundo* (1961).

DESPUÉS de una china habanera avezada en cuplés y de un canario feíto y cabezón con monedas en el pecho, entraba en escena la Tremenda, vestida de flor enferma: le encorsetaba las caderas un cáliz verde fresco y dentado; yerbajos marchitos y matizados pétalos de tela le poblaban los faldones irregulares de distintos rosados.

Se golpeaban los senos a cada "yo" de la letra, se arrancaba collares de perla, fulminaba al pianista cuando las manos desparrancadas no le bastaban para atrapar la superposición petulante de los leit-motive y hasta se daba cabezazos contra la pared.

No se trataba, como era de esperarse, de las canciones más ampulosas de Olga Guillot, ni de los psicodramas de la Lupe: lo que voceaba, con tantos velos como énfasis, eran los mugidos para obesas conmovedoras re-

125

pertoriados por Richard Wagner. Bailaba en los entreactos con un mulatón colombiano.

Abarrotaban el *¡Sí, cómo no!* los cada día más numerosos adictos a sus alaridos ortofónicos, y, reticentes aunque asiduos, los melómanos deplorantes de la Foster Jenkins vestida de ángel con las alas desplegables.

—El público —pontificaba sin recato, alabando los agudos renales que emitía y barajando similitudes con la Callas— se ha empedernido con el kitsch en los últimos tiempos...

Después de las vociferaciones germanas, una musiquita regresiva, con guitarras y güayos de atardecer camagüeyano, volvía a resonar sobre las tarimas, cuando la reverenciosa gerente de aquel dancing para locas latinas del down-town, profería, baratamente afrancesada, un "...et à présent... place à la danse". Soplaba el aire del puerto.

Detrás del bar, sobre volutas coloniales y cristales azules ensamblados en colas de pavo real, láminas de oro, brillaban los penachos de tres palmas. Chupaban la savia de los troncos orquídeas a la luz de la luna. En una fuente gris, de piedra vieja, con juegos de agua iluminados, entre flamencos de plata, chapuceaban, y luego se escurrían aleteando, verdosos patos de plumillas irisadas en el cuello y pico naranja.

Con los acordes provincianos se alejaba la Contundente por un largo zaguán de tragaluces grisáceos —una cacería puertorriqueña en el plafond. Arecas sintéticas, de un verde ecuatorial siempre fresco, con gotas de rocío y hasta moscardones tornasolados revoloteantes, remataban el tropical look. A un lado y otro iban pasando sillones de mimbre, amplios respaldares ovales, de geometrías fibrosas, y mesas tejidas, barnizadas de blanco, glacées, cubiertas de búcaros húngaros, inmersas en luz negra.

La Tremenda cayó sentada, desmoronada más bien, en un diván.

Mirándose fijamente las uñas, decidió poner punto final a sus gorjeos.

—Basta de estar carenada —se dijo, como en la parte hablada de un aria—, vapuleada casi, comiendo tamalitos tibios y leyendo *Vanidades* en los cuchitriles acucarachados del *¡Sí, cómo no!*

Se iría a las montañas más áridas, dejando en su lugar a su doble, con un chivo y una jaba de paja. Jugos de fruta, vegetales frescos. Cultivaría ella misma sus zanahorias. Por la noche, ante un paisaje rojo, pensaría en la batalla entre el bien y el mal. Regresaría transformada: sin patas de gallina ni buches bajo los ojos, el pelo oro viejo natural; las manos no le temblarían más.

Con el ímpetu preciso para vencer su fuerza de inercia, mientras se arrancaba de un tirón las pestañas de cerdas —se le estiraron los párpados, verdes y rugosos, rana de bruja vasca—, corrió hasta el refrigerador, sacó un frasco, se dio un último trago de vodka con caldo de res, y lo viró todo en el fregadero.

El living-room tejano a la Kienholz estaba todo forrado de neonato lavable.

Sobre el gran televisor siempre encendido y mudo, los pobres, tres cocodrilitos disecados.

Una ventana de cristales oscuros abría hacia los rascacielos el refugio y camarín de la Tremenda. Simétricas, a ambos lados del marco, dos cintas flordelisadas recogían la cortina de tul cremoso y chamuscado: redondeles menudos, de bordes negros.

En grandes peces de trapo con escamas cromadas, cosidos de perlas, la Tremenda posaba los pies. Meditaba. La luz del sol poniente alargaba la sombra de los búcaros sobre las mesas.

Se imaginó frente a unas colinas nevadas, sombrero de fieltro negro, ladeado, ropa de lana burda, bastón bajo el brazo. Mordió un queso de cabra. La música de los cencerros dispersaba en la noche tañidos breves, rodeados de halos cobrizos. Largo y rubio, el pelo le caía hasta la cintura en ondas regulares ensartadas con lazos y florecillas silvestres. Suspiró. Articulando las vocales —los labios círculos perfectos—, moviendo suavemente los brazos, como para hacer ondular invisibles velos rosados, emprendió la muerte de Isolda.

Fue entonces cuando en la puerta del zaguán, con ramajes de fondo y soberbia contenida, apareció la severa empresaria de la boîte, en botas, un buclero atravesado sobre la frente; le temblaba en la mano, en plena efervescencia, un vaso donde daban vueltas y se entrechocaban dos enormes tabletas blancas. A la vista del analgésico resoplante la Tremenda se tragó un grito:

—Creía que era un gato.

Y se bajó de su nube.

—El terror macrobiótico —entonó, inmutábile, la patrona— y ese ojeroso que viene los domingos y te cobra, te han puesto más demente que una rumiante barbada. Si te sale un orzuelo, de tanto pujo crepuscular, te saldrán siete, que habrá que cauterizar con óxido amarillo; y, caracola, esa boca tan dibujada y pulposa que tenías, a la Bardot en cuero negro sobre una motoneta japonesa, se te va convirtiendo en un desaliñado acento circunflejo. Arrastras chancletas abominables.

Y, señalándola con un dedo de puntos azules:

—¡A berrear!

Con lentitud ritual o exasperante, alunizaba la Tremenda en el parco escenario: decorados más o menos renanos, recuperados en el trastero de la zarzuela y unidos con teipe, se desplazaban, tensos, entre las dos palmas: huía hacia la izquierda una cabaña tosca, de ermita forestal pirineo, y avanzaba temblando desde la derecha, en un trompe-l'oeil tan verosímil que al final de la representación se acercaban los incrédulos a tocarlo, un Templo de Salomón todo en columnas retorcidas y marqueterías pálidas.

Mientras subía una escalerilla que la crueldad de los tarugos había prolongado —huían despavoridos y se escondían entre las volutas los patos—, la Diva se alargaba toda, para adoptar posturas flamígeras —crujían los peldaños— y subía el galillo: pez-cofre, duplicaba su volumen tragando aire, erizada toda, dilataba los ojos, y de un alemán arcaizante y ríspido, poblado de mefistófeles menores, se aferraba a las tesituras más parsifónicas.

Estricta en su traje sastre, la gerente, ese tortillón art-decó, el bucle horizontal sobre la frente enrollado como un diploma, con un vozarrón comatoso, daba entradas de aria y taconazos de caporal expresionista, como si ejecutara una danza uzbequistana con navajas en los tacones. El alcohol de comino y un inhalador atiborrado de coca peruana, alternando con las obleas efervescentes, le habían acantonado la voz en las cuerdas más bajas y festonado los ojos de arrugas bifurcadas que repellaba una mano de brilladera prieta.

Tronaba la Prima ante el fondo empatado, rodeada de las mesas con idénticas lamparillas y flores luminosas que la ampliación del "local" y la curiosidad endomingada del público habían exigido: la escuchaban embelesados jovencitos boricuas raya al medio, cholas que se superaban en su día de permiso, habaneros nostálgicos de los entreactos en el Carmelo, aliciente de los recitales Pro-Arte, y hasta algunas chinas poblanas con veltanchaun y carteritas de galalí.

Chirriada la última nota la Tremenda agradecía los aplausos con dankes eructados y sudores fríos. Presa de náuseas convulsivas, un pañuelo apretado a los labios, corría otra vez a lo largo del zaguán invernadero, empujaba la puerta de su cuarto y se desplomaba en el diván.

Mordía sus peces de trapo. Les arrancaba perlas con los dientes.

Sí: caía la Toda-masa. En lo más borrascoso del aria le entraban nefastas flojeras, marejadas internas de "vivir sola para qué", abatimientos teutones que la demudaban y pintaban de blanco yeso con veladuras y una mano de barniz.

A veces, se derrumbaba entre las arecas, fijando, la infeliz, un punto alto: las lucernas grasientas y abombadas del zaguán. La lluvia de invierno empañaba los cristales enervados de fibrillas y la herrería verdosa.

En la cacería boricua, pretexto de animalistas maniáticos, su vista, como un negro mariposón de alas mojadas, sobre una pezuña asomante, o sobre el relieve amanerado de una rodilla, se posaba exangüe.

Quedaba, en todo caso, como raptada y lela, pensando en centrífugos serafines. La gerente, siempre tan humana, le castañeteaba con los dedos y le daba cachetadas a ver si volvía en tan vasto sí. De nada servía: al crollo del viso, un derrumbe de terrazas de celulitis, mamelones adiposos y arrugas, desde la frente hasta la papada, que ya no sostenían los esparadrapos tensos bajo la peluca ni la continua expresión de asombro, seguían asedios de escalofríos, tembleques digitales y frasecillas derrotistas del tipo "la vida ya pasó: todo es post-mortem", que había oído no se sabe en qué película mexicana, acompañadas de hesicásticos suspiros.

Con las manos hinchadas y rosáceas, de niño hidrópico, descorrió la cortina de tul con huequitos quemados, vestigios de líricos desmayos y de la yerba colombiana que le servía de anzuelo con el tarifado de turno.

Allí quedó junto a la noche grisácea, contemplando los reflejos ondulantes y azogados de los rascacielos.

No sabe cuánto tiempo. Sabe, eso sí, que no regresó al living-room tejano, ni al zaguán de impecables arecas.

Cuando se apartó de la ventana se encontró en un salón: muebles bajos, o más bien, pilas de arena forradas de plata, amorfas. Estaba rígida, mole de cuarzo; una vibración anaranjada, como un chisporroteo tenue contra la noche, le bordeaba la mitad del cuerpo, desde las cejas, hacia arriba, alrededor de la esfera del pelo, siguiendo la espalda, hasta los pies. Las luces y los ruidos la atravesaban en oleajes lentos, terrazas brillantes, como de aceite.

Cubría el suelo un tapiz ya algo pasado, con motivos nómadas, garzas blancas y negras, simétricas, anudadas como iniciales de escudos; las enmarcaban arabescos de un rojo pálido, con hilachas sueltas.

Grave, el enano, revocado en bermellón, aretes, y, entre las cejas, punto de oro, desplegaba un rollo: cuerpos idénticos, tomados de la mano, como gemelos del zodíaco, tachados por inscripciones sánscritas que el alhajado traducía con esmero, apretando los ojos, como si descifrara el mensaje de los ancestros grabado en un fémur o una receta de Nitza Villapol.

Diestra como un ciego, la enfermerona habitual seguía sus indicaciones: a partir de una muñeca inflada a reventar, había logrado una reproducción, confundible con el original, de la Tremenda, que, pinchada y lítica, en su traje de aldeana progresista, volvía desde la ventana.

Fue entonces cuando, entre blasfemias y gritos ahogados, entraron al salón las Tétricas, todas de seda azogada, descalzas; en la planta de los pies y la palma de las manos garabatos de cebo. Forradas de plata, amorfas, cayeron en los sillones de arena. Se mordían los labios, se pellizcaban unas a otras, se desternillaban con risotadas sofocantes, temblaban al unísono, como una colonia de pájaros, luciferadas y afásicas.

—¡A ver cómo toma la gorda vejigas por linternas!

Y se volvían a pellizcar, se retorcían los dedos tendinosos y flacuchos, hasta que crujieran.

Para calmarlas, en tazones de barro, la enfermera les distribuía un menjurje que adoraban, como leche muy espesa con berro molido.

—La mayor de sus estratagemas —aseveró una de las convulsas, tomando el tazón con el meñique alzado— es hacernos creer que no existe.

Y lanzó una risotada aunque discreta draculesca.

—Ya las niñas pueden ir frescas y campantes al aquelarre —le respondió la que estaba a su lado—. Ahora le dejamos a sus madres una copia inflable.

Estaba muy pálida. Soltó un eructo. Llevaba lentes de contacto rojos. Una risita apoplética, mezclada con sollozos, la fue ganando.

En medio del coro, la Tremenda, tiesa, besó a su doble con el asombro de una melliza circense encontrando a la otra sobre monos carbonizados después de un incendio.

Le calzaron los patines.

Con la muñeca de goma enlazada por la cintura, la Tremenda empezó a dar patinazos rechinantes de un lado a otro de la sala; se inclinaba en una reverencia o un paso de tango: la réplica obediente se doblaba hacia adelante. Se desplazaban en zig-zag, daban tropezones: el tapiz dejaba hilachas entre las ruedas.

La Tremenda se viró. Un brazo gomoso, con su mano sin uñas, rosada y fría, se le hundía bajo el polisón; el otro, con un plato y un tazón del menjurje, quedaba extendido, como ofreciendo caldo a las presentes.

Congelada en una musarañita afable, la Tremenda tomaba a su sosía con precauciones encarecidas, como si presintiera un escape de aire o un alfilerazo.

Con juros y gruñidos las Tétricas aplaudían cada voletereta:

—Mira cómo la muy gansa la mima o besa.

Y estallaban todas en carcajadas de vocales roncas, mechadas de alaridos bestiales.

Como si le añadiera un pañuelo de encaje o un cangurito pataleante, para rematar el atuendo de la Tremenda, la enfermera le zumbó en el bolsillo delantero, ancho y abombado, de conductor de autobús, un gato grisáceo y desteñido, con lamparones sarnosos, como si hubiera recibido chorrillos sulfúreos —así era: lo mordisqueaban las Tétricas en sus furias, para calmarse.

—Han bailado con don —declaró la practicante, mofadora.

Y, destapando una fuente de cerámica roja, que subió hasta la nariz dilatada de la Tremenda:

—¡Liebre estofada!

Las Tétricas tenían que dar carreritas al baño, con las manos apretadas entre las piernas: las aguijoneaban secreciones urticantes.

En medio de las aparcadas, la invitada al aquelarre aspiraba golosa las humeantes espirales; el tufillo verde oscuro del perejil ascendía enmascarado por las vaharadas pimentosas; una salsa mostaza cubría el encebollado y desbordaba sobre las cuarteaduras rojas del esmalte, en capas sucesivas, terrazas marchitas sobre la llanura india.

La Obesa cerraba los pesados párpados brillantes, aspiraba las volutas sazonadas, que luego sometía al olfato impasible de su símili, y exultaba de gula. Las Tétricas relinchaban, y de pura maldad, se hincaban el diente, de los retorcidos pulgares, en las falanges gaudiescas.

—¡Cómetelo pronto, y dale un poco a la otra! —chillaban, ojillos sanguíneos, ribetes de mostacillas verdes— ¡Ya verán lo que es bueno!

—Y no olvides esta pastilla —añadió el enano—, milagrosa para la digestión.

Le lanzó al bolsillo una oblea porosa y plana.

Y así, husmeaban y husmeaban la Delirium y su compinche de caucho, gozando por procuración de la tocinada celeste; prodigaba, la más fofa de las dos, una sonrisilla a lo Jackie Kennedy, a la vez bonachona y sexy, su expresión única, que la enjundiosa titular tomaba por indicio de gastronómico regodeo.

Bailaron con la fuente. Jugaron con ella, como un gato con el bofe antes de engullirlo. Ya ulcerada y hasta la cofia de tanto tiquitiqui, el austero enfermerón dio un grito que las puso a parir:

—¡Coman, coño!

La Tremenda, como un oso hormiguero, chupó de un tirón la salsa, tan rápido, que los camaroncitos crispies que la amenizaban pasaron ilesos por el gañite; con pericia de mono, y en lo que éste se rasca un ojo, embocó los mejores cebollines y hundió en la ranura reidora de la paguata unos ramilletes de perejil amarillentos y acribillados por las orugas.

Desde la ronda de cojines orinados las Tétricas aparentaban tragonería, verosímiles como plañideras tarifadas e inconsolables: se chupaban los dedos, se relamían los labios, exhalaban gemidos y gorjeos glotones:

—¡Hum, qué divinidad, está para comérselo!

Con esos alicientes y con los del hambre que, como se sabe, da Blancanieves, la Tremenda echó mano a una pieza y le dio un chupón. Iba a entrarle a dentelladas cuando la separó, atacada, de la boca, que se le quedó abierta en una mueca de asco digna de una bruja de teatro rural. La arrojó sobre la fuente con un escupitajo desgarrante seguido de vómito cirroso. Los chiquetazos biliares saltaron sobre las dunas y sobre los trajes relumbrones de las Tétricas: era un colgajo de goma, con pelos y ojos pintados, la envoltura amorfa de un despellejado chorreando salsa: la Divina reducida a esperpento de utilería, tan vaciada y parecida a sí misma que daba horror. Con la misma sonrisita golosa.

Se hinchó de aire hasta reventar, dilató los ojos, como para ver en una gruta, retrocedió, el dorso de la mano contra los labios, contó hasta tres in mente... y lanzó un grito inadjetivable, que viró la tierra al revés. Tambaleó. Se apoyó contra la pared. Levantó los brazos. Con la cabeza y las manos emprendió un movimiento de rotación, sincronizado y en el sentido de las agujas del reloj.

Las Tétricas, revuelo de gallináceas plateadas, corrían de un lado a otro de la sala, dando alaridos hilarantes, espantables y oropeladas. Las plantas cebosas de sus pies extendían sobre las garzas blancas y negras el chafarrinón mostaza; los reflejos satinados de sus trajes trazaban garabatos en el aire; sus voces roncas enrevesaban conjuros.

La Tremenda las espantaba con salves enlatinados y señales de cruz.

Sacudió la cabeza, como un luzbelada vasca renegando el aquelarre. Se hundió la mano en el bolsillo delantero buscando en vano al mizito pataleteante que le habían zumbado: no encontró más que mechones de pelo gris corto, felino de gotera. Se alzó como pudo, y de un patinazo recto, atravesando las furias que habían emprendido coros jactantes y movimientos brownianos, se puso en el ascensor.

En lágrimas y en patines llegó hasta la avenida.

La noche blanqueaba las altas fachadas de calovar; un calor denso y viscoso, saturado de nieve carbónica, se empozaba entre los árboles.

Juntó de golpe los talones, caporal cuadrado, se pegó los brazos al cuerpo y, con las manos abiertas contra los muslos, sin tomar impulso ni aire, se dejó ir, sarcófago egipcio asfalto abajo.

El suelo y el fondo se desplazaban como tirados por rodillos gigantes; ella no: canturreaba tímida, vocecilla de gramófono, Shirley Temple hidrópica. Los autos la veían acercarse y encendían los faros: luces poliédricas en sus párpados, arcos tunesinos de strass, en la cúpula abombada de su pelo, domo de alambre.

Borrachos. Negros drogados. Niños alumbrándose con botellas llenas de cocuyos. Motocicletas con machos al pelo. Oía las sirenas como si le giraran un erizo en la oreja. Cláxones, el himno americano, las junturas del macadam. El vapor de las alcantarillas la envolvía en una columna gaseosa, bajaba difusa, sin contornos, azafranado serafín fofo.

Iba frenando, como si las bocanadas calurosas y las calles que atravesaba le opusieran velos finísimos; los semáforos la moteaban de luciolillas girantes.

Llegó a Washington Square. La bruma aluminada y tibia borraba los contornos de la plaza. Fue perdiendo más velocidad, como si le soplaran arena en las ruedas. Se detuvo junto a la fuente. Separó los brazos del cuerpo. Respiró muy hondo. Se aflojó toda. Mirando el agua se llevó automáticamente las manos al bolsillo delantero. La había olvidado pero allí estaba, en el fondo, la malhadada pastilla digestiva.

La sacó. La miró con asco. Furiosa, la tiró a la fuente.

La superficie espejeó un segundo. Una voz de almuédano, desde el agua, emprendió la lectura cantada de la sura "Sólo Dios vence"; vacilante y carrasposa, sin aire, como si deletreara, se elevaba en las vocales abiertas, giraba, grave, antes de emprender las guturales, recomenzaba, con una tos seca.

Se formó un círculo breve, que se fue dilatando hasta romperse contra los bordes, mientras otro y otro surgían y se iban expandiendo desde el mismo centro.

Burbujeo. Ebullición leve. Borbotones de espuma. Geiser. Ligera lava nacarada. Luego, como vuelve a la superficie un ahogado, ascendió una mancha oscura, un mechón de pelo negro que se fue abriendo en ondas brillantes, salpicadas de yerbitas calentitas sabrosas.

Emergió la frente,
cejas negras frondosas arqueadas,
ojos grandes mirando con asombro alrededor,
nariz recta, pómulos salientes, bigotón,
boca dura sin risa
barba
cuello macizo venoso de toro
hombros
pecho peludo motas negras alrededor de las tetillas
toques de pincel seco
muñecas anchas manazas
cintura lisa
pelo afeitado
sexo erecto tendones cabeza morada gota brillante
huevos hinchados esferas llenas
muslos
rodillas
piernas
los pies sobre un rosetón de olas lentas.
Dos asteriscos negros: los ojos de la Tremenda.

Y él, más fresco que una lechuga, y hasta con un dejito displicente que en nada cuadraba con la situación, mientras cesaba la cantaleta coránica:

—Soy iranio.

Ella —apabullada y desmadejada toda—:

—Ah... Y, para su capote: A falta de chino...

—De profesión —añadió el macharrán divino, con gran coolnes—: chofer.

II

LAS ALMENAS del castillo despuntaban ante el bar, en
la bruma dorada. Un sendero sinuoso, a partir de las rocas, se hundía por el valle, hasta las colinas lejanas. Cis-
nes de cuerda, brillantísimos, suspendidos por hilos de
nylon, revoloteaban en el cielo azul pastel. Sobre el río,
arcoiris de madera.

Los primeros acordes de la orquesta —ya la había:
virtuosos cubanos comiéndose un cable, jabaos solfean-
tes del Conservatorio, y hasta una pareja de alemanes fi-
larmónicos, de cara recompuesta y antecedentes gama-
dos— atraían, masa a la masa, el orbe rubicundo de la
Tremenda. Aparecía la soberbia hotentote en gasas va-
porosas, con su casco alado. Mas, poco duraba la majestad de la engreída diosa paquidérmica: a los primeros
estentores trompetados caía en un stress germánico: re-
sacas, como repletas de crustáceos, en la cabeza, relámpagos úricos en las bisagras mandibulares, fuacatazos en
la campanilla, nudos vocales y tizones en la garganta,
cuyas cenizas tupían los canales del laberinto.

Ganada por una levadura urticante, se entregaba a
gargarismos y linimentos en los fugaces cambios de
fondo. La comezón la aguijoneaba en medio de los sostenidos más tripales. Alternaba compresas cauterizantes
con inhalaciones cortisonadas. Lloraba de lado.

Sectarizó la dieta. Recurrió a la yerbabuena. Agotó
inútilmente, en las impenetrables etnias del down-town,
la santería cubana, el maoísmo macrobiótico y la acu-

139

puntura. Hasta que comprendió —y rodó los ojazos de un lado a otro, como buscando un enemigo transparente— que habían llegado al *¡Sí, cómo no!* las Tétricas, en su avatar de fanáticas póstumas de María Callas, hipertensas y organizadas en tropillas líricas, que ocultan en cámaras fotográficas, en un moño o hasta en una orquídea enana que al abrirse el telón lanzan a escena, micro-emisores de ondas cuyo efecto inmediato, además del escozor en la parte del cuerpo en donde concentran sus rayos, es el de perturbar el dibujo regular de las curvas vocales que irradia una diva.

Con esos artefactos diabólicos —y no con los poderes mentales que algunos babiecas o idealistas timoratos les atribuyen— habían destrozado, en la Scala, más de un *curriculum vocis*, expulsado sin miramientos a más de una marsellesa mugiente de la Ópera de París, reacia a la regalía convertible en bravos y salves desmayadas desde el gallinero, y sembrado el pánico, rellenando con la mefistofélica electrónica los salvavidas, en el crucero musical de un armador helénico.

Pero su estrago mayor era, sin duda, la aniquilación de la áurea carrera de Florence Foster Jenkins,[1] cuyo recital en el Carnegie Hall se produjo en medio de un semillero de maquinillas ocultas en las volutas neoclásicas, en la caja del soplón y, gracias a la complicidad de una azafata venal, hasta en los tacones piramidales de la propia prima, y sintonizadas con tal maña que a los tímpanos de los devotos, en lugar de los estructurados arpegios mozartianos, sólo llegaron graznidos desacordes, hipos convulsivos y crujidos carrasposos entrecortados de insoportables jadeos asmáticos.

Las Calladas habían hecho su primera aparición

1. *The Glory of the Human Voice?*, RCA 901031.

años ha, provistas de aparatos alargados y plegables como telescopios o bazukas, que dirigían hacia una parte vulnerable del cuerpo de la víctima, delimitada gracias a una mirilla milimétrica.

Una vez cuadriculado el blanco, lanzaban hacia él ultrasonidos que elevaban la temperatura de la región bombardeada, provocaban en ella una comezón inaguantable y destruían sus células; concentrados en las cuerdas vocales, los rayos las distendían irremediablemente, generando, en lugar de notas impostadas, alaridos desaforantes cortados de otros decibeles afortunadamente inaudibles para el hombre pero no por ello menos reales: se llenaba la sala de murciélagos.

Con el avance tecnológico de nuestra década y la niponización de la electrónica, habían logrado miniaturizar un equipo cuya evidencia y masividad hacían intransportable. Disponían pues de artefactos tan nimios —y no por ello más benignos—, que podían ocultarlos hasta en una verruga, o en un elemento de oro, alojado en la corona de un colmillo gracias a la técnica ensañada de Andrija Puharich, parapsicólogo mentor de Uri Geller que habían conocido en una sesión televisada de torcedura de llaves.[1]

Noche tras noche se hacían sentir en aquel cuchitril zarzuelero del down-town con ínfulas bayreuthianas, concentrados "in gola" y deformando el grano de la voz hasta la disnea cacofónica, los efectos callados del láser mórbido.

La Tremenda estaba demacrada y afónica; en sus

1. Ver diagrama de su receptor de señales de radio, que se supone alojado en un diente de Uri Geller, en *La Recherche*, n.º 53, vol. 6 (febrero 1975), p. 184.

ojeras, borrachas de neón, ya se veían las arecas sintéticas de la abigarrada boîte boricua.

Comenzó a dar golpecitos en el suelo con las punte-
ras plomadas; pronto se desbocó en una pataleta con
uñas enterradas y lagrimones oleaginosos, de marea negra:

—Dios o Big bang —suplicó atacada, mientras ame-
trallaba con los taps—, si con armatostes de opereta y
patos al fondo he recreado las gamas menos alcanzables
de Wagner, si me cubrí el ojo derecho con plumillas
arrancadas a cuellos de faisanes sangrantes, me puse un
casco florido y abrí la boca a lo Flagstad en cámara lenta, con un halcón posado en el índice, no fue más que
para alabar tu cinerama... ¿Por qué —y arrancó un ati-
plado berrenchín— me has hecho vulnerable, blanco
indefenso de los rayos, y permites que con revigidos
artilugios birriagen el dibujo de la voz que te loa?

Dejó de patalear, se dio un trago de "barroco"
—aguardiente con agua 'e coco— y quedó más sosegada:

—He tomado —aseveró sibilina, frente a un espejo y

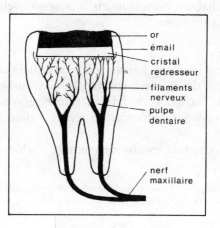

con un peine en la mano— medidas más que realistas.

La empresaria que, hora es de consignarlo, asistía impávida al atorrante monólogo, sacó un tabaco y lo encendió. Lanzó tres círculos azulados al aire, musitando un "il y en a, je vous jure", y salió presta.

La puerta de la diva envidiada se cerró con golpes lentos.

Esa misma noche, y con los ojos así —con los dedos hago dos ceros—, se le presentaron a la Tremenda las soluciones más furbas para desmantelar al enemigo y zaparlo por los cimientos:

I) —Se cubriría, en el estudio de Gilles Larrain, como un ídolo más, y con las joyas envenenadas de las Coquettes, toda de ojillos klimtianos; desplegaría bajo los brazos tres paneles imbricados, piel negra muy fina, de alas de murciélago. Para que la abandonaran, despistando por exceso, montada en un andamiaje de hilos invisibles, fingiría la fijeza total y la muerte; el camuflaje mórbido y plateado de la postración final se obtendría barnizando con un aguaje espeso, como almíbar, que se endurece al contacto con el aire. Sería una gran mariposa opulenta, efímera vidriosa presa en su propia saliva cristalizada, sin interés para los rayos dodecafónicos.

II) —No: pintada sobre un cadáver. Dibujada sobre la piel estirada y húmeda de un difunto inflado.

—¿Inflado? —inquirió la Patrona.

—Sí —añadió la Expansiva—, porque para reproducirme sin residuos sobre un desenterrado habría, primero, que acrecentar su volumen con lavados de engrudo, que se hincha en el interior y se dilata.

143

III) —Plus vraie que nature!

Citando a la Gerente, empujó la Tremenda la puerta del taller de John de Andrea, en la planta baja de un antiguo almacén del Bowery. Para entrar, demás está decirlo, había saltado sobre tres clochards borrachos, aferrados a botellas vacías, que yacían entre cartones y periódicos orinados.

Con la nariz tapada y una sonrisa de conejo, avanzó entre brazos articulables, de madera, mascarillas rotas y macharranes desnudos adormecidos, hojeando revistas de relajo, en tanques de yeso líquido.

Sí, había recurrido como último ardid para aturdir a las Calladas, a la pericia manual de un fabricante de dobles, símiles y sosías, entre otros muñecones boca arriba y al pelo, recién separados y acezantes después del acto, tan verosímiles que podían suplantar sin sospechas al original, llamado en la jerga del escultor "versión respirante".

Se presentó envuelta en vaporosos rasos rosa viejo, con flores de tela; los pétalos caían en amarillentos manojos hasta el suelo. Se había permitido algunos cocteles binoctados y miraba con iris febriles el borde azuloso y brillante de las cosas.

—Que me tomen —aseveró dopada toda, con la majestad nebulosa de Candy Darling entrando en la factoría— por mi doble descuajeringado, por mi sustituta abnegada trabajando con la asiática benigna y fiebre de cuarenta.

—Sí —prorrumpió, enjuagándose el ojo con los boludos inmovilizados—, la fatua confección de que he venido a pasar encargo, deberá remplazarme, abriendo idónea los labios, en las apariciones más fulgurantes y vulnerables de la Tetralogía, mientras yo, tras los telones de boca, y protegida por el tupido bordelés con galones de oro, atraparé de las altísimas tesituras los contornos más alambicados. Si logro darles el cambio, escaparé a la crueldad electrónica.

... Y rompió en desgajados sollozos, cortados de risillas simpáticas.

Hubo que recogerla: del tembleque hilarante se había reblandecido y desparramado toda. La pusieron a cuajar en un sofá circular, calzada por cojines.

En los tanques de yeso, aunque embotados, los *Playgirl's* lirones se apretaban la nariz para no reírse; con masilla se llenaban los oídos, contaban las vigas del techo: carcajada, sobresalto o estornudo resquebrajaban el molde.

—Para obtener figuras exactas y vacías —era John quien hablaba, ante un muestrario de rodillas—, estatuas sordas, coladas que envainen el cuerpo sin residuos, y hasta simples prótesis plausibles, no hay más secreto que el *remojo inmóvil* del modelo, la inmersión prolongada en una sustancia coagulante después de absorción de soporíferos: la impaciencia y el temblor son ruinosos. De allí —y mostró un plato rebosante— esta desasosegada ingestión de hongos, proclives a la desidia mental y a la fijeza.

Era un pasillo ancho, o más bien una galería repleta de palmas plásticas de un glauco tropical siempre brillante con lágrimas de sereno y hasta abejones irisados zumbantes. Entre las ramas y sobre pedestales, temblaban y chirriaban de todas sus bisagras, cubiertas de laminillas de oro, infantas mecánicas, o enanas hidráulicas relucientes, de pupilas ovales; más que avezados autómatas parecían fragmentos de pigmeas vivas completados con prótesis. Ante esos modelos, se mantenían niñas demacradas, modosas como estampas, con manos o pies atrapados en volúmenes de yeso, ante platillos verdes y fluorescentes repletos de hongos. Una, carona y deforme, circunspecta como un obispo, contemplaba, alzado en su mano derecha, un gran alfiletero de fieltro rojo. Los platillos estaban divididos como escudillas para perros, los hongos rebanados: pedúnculo blanco y carnoso, cubierto de arenilla; bulbo rosado, estrías azul brillante, fibras vidriosas. Anémicas y exangües como ellas, acompañaban a las embelesadas sus ayas judías y sus gatos. Una luz de catacumba palermitana, empañada y húmeda, filtrada por lucernas sucias, bañaba el zaguán de las enyesadas, que nublaba al final un vapor de setas hervidas, venenoso.

Los muebles de la cocina eran de fórmica blanca y tubos niquelados. Un papel de vetas marfil sucio revestía los muros; lo interrumpían rectángulos más claros: marcas de paisajes zafados. La despensa, imitación de mármol, mostraba el hueco de una gaveta; cuatro vasijitas con agua le protegían las patas. Ante el mueble, con gestos indolentes pero inhumanos, como regulados por arandelas, dos viejas de pelo lacio y canoso, tez amarillenta y ojos rasgados, curanderas del archipiélago indonesio vestidas de hule negro, agitaban un mantel cuadriculado, o más bien una red muy fina, como de rafia. Un polvillo blanco y volátil, parecido a la penicilina, caía sobre los mosaicos de cartón empastado.

La Tremenda balanceaba la cabeza: seguía el movimiento de las añejas como un gato el de un parabrisas.

—Esperamos noches húmedas —masculló una de las provectas, sin dejar de sacudir la tela—, el reflejo de la luz lechosa en los rascacielos: la luna llena, esa enana de magnetismo temperado, llama al honguillo y le imparte su poder letárgico.

Y pasó a lavar con vino fermentado una pila de setas. Al otro extremo de la mesa y ante una fuente luminosa, como de hueso molido, o de ojos de pescado, la otra veterana acidulaba un montículo de trufas.

Al rumor de los musgos chamuscados por el ácido se añadía, metálico, el de las cuchillitas con que la vieja los seccionaba; chirriaban lejos las articulaciones de las menudas hidrostáticas alternando con el ronquido de las niñas narcotizadas.

Se preparaban las ocambas al descenso mensual: a partir del sótano, y en el estrato arcilloso de la isla, habían excavado galerías estrechas, que se prolongaban en línea recta hundiéndose levemente hasta encontrar la humedad del río próximo, el barro verdoso del marasmo.

—Lo oscuro y cenagoso — afirmaban las sumatresas, arrugadas y arácnidas— favorece la eclosión de las sombrillitas, da un amargo ribeteado a sus carnes y deja en las finas láminas comestibles el fluir somnoliento y espeso del agua.

A cada luna llena bajaban hasta la frescura subterránea, como alacranes enfermos, los ojos polifacéticos y brillantes, piñas de abalorios negros. Se cubrían con felpas artificiales y fibras de vidrio; evitaban la ingestión de productos animales en los días que precedían a la postura. Con voces como ajenas, emitían una musiquilla letárgica antes de encajar en la tierra blanda las musgosas ofrendas infernales.

Susurraban conjuros que dibujaban contornos de salamandra, en láminas enhebradas, de bambú.

A cada lunación volvían a la superficie con la cosecha del descenso precedente. Para catar los efectos soporíficos de los paragüitas, cenaban esa noche con una gran tortilla que afrancesaban con los más carnosos. Los preparaban con cuidado. En un tamiz los sacudían;

147

los montículos arenosos adheridos iban cayendo al suelo; bajo la fibra móvil se agrandaba un halo blanco. Los lavaban con agua avinagrada; los cortaban con una gillette, en lascas finas. Así los entregaban, en bandejitas compartimentadas, al escultor.

Para ellas, adobaban algunas morillas con ajo molido y salsa agridulce. Las mezclaban con fideos y vegetales dorados en aceite hirviendo. Abrían cervezas en lata. Comían con palitos.

Cuando, mohosa de esperas enyesadas y harta de trufas, al fin lo obtuvo, se dedicó entonces la Diva amenazada, invirtiendo en secreto los planes proclamados, a la imitación de su doble.

Disponía el robot biológico, logrado por adición de órganos eléctricos, en un sillón reclinable; se sentaba frente a la bambolona, la mascarilla de porcelana con afeites espectaculares o limpia, y la enchufaba con cuidado. La facsímil se ponía en marcha: movía garbosamente los párpados, con los labios dibujaba vocales alemanas, alzaba los brazos deshuesados, la mano abierta, lloraba, y hasta dejaba caer hacia adelante la cabezota para agradecer las ovaciones finales y los ramos emponzoñados de las Calladas. La Tremenda, como obedeciendo a estímulos audiovisuales, reproducía las musarañas románticas y los menores parpadeos de su símili. En un espejo situado detrás del sillón, comprobaba los adelantos de su gestuario mecánico, la crecida ma non troppo de la automatización.

Viendo progresar en su mímica lo involuntario y en sus músculos el eco de movimientos entrecortados y sucesivos, como de ciclista multicolor poliédrico, o de ocre desnudo bajando una escalera, decidió retomar, sin más reparos, las séptimas enrevesadas del *Crepúsculo*.

Más corpulenta y compacta que un cetáceo, y no sin el tortillón en frac que, después de anunciar su *rentrée*, resoplaba a cada apoggiatura, la Tremenda salió a la tarima del *¡Sí, cómo no!* repleto de fanáticos añorantes, ya emprendidos los garganteos célticos.

Un castillo bávaro, con amagos dysneilándicos, se recortaba ante el bar; con vetas relumbronas de papel dorado, que confundían a los patos, espejeaba un río vasto y lento. Por las rendijas de los cartones empatados la copia verosímil dejaba adivinar su volumen.

Contra ella, y no contra la Tremenda, convertida en burda muñeca vociferante, dirigieron las melévolas sus rayos perturbadores. Tanto insistieron, al ver qué poco afectaban las bruníldicas sublimes de la soprano y su fino rejuego cromático, que provocaron en el caucho escultural unas-ronchas amoratadas, como ñáñaras purulentas.

Encontraron a la gemela gomosa toda escaldada, como si la hubieran rociado con agua hirviendo. La cubrían chancros tumefactos, de celuloide abrasado, collar mórbido.

Locas de envidia, las Calladas tiraban los microemisores al suelo y los aplastaban bajo los tacones con luz incorporada en que se montaban las noches de gala. Maldecían. Se rasgaban con las uñas el interior de la boca para lanzar gargajos sanguinolentos. Proferían blasfemias electroacústicas y se arrancaban los caninos transistorizados. Del hueco de la encía corría un hilillo verde, sobre el lamé plateado.

Con los vítores finales y un "¡Uf!" abemolado, la Tremenda huyó por el zaguán besando un rubí y el retrato, en un camafeo, de Luis II de Baviera. Atolondrada de felicidad abrió el camarín. Miró un instante hacia la noche y cayó, no en el diván tejano sino en una bañera de agua caliente.

Así la pintó Botero, para citar a Bonnard y para la historia del bel canto. Tersa y expandida, reflejos de agua sobre la piel rosada. Boca rojo coral. Los pies pequeños. El pelo rojo en ondas laqueadas. El bollo: rajadura de alcancía en un triangulillo negro. Fondo blanco.

El Puño

I

LANZANDO ceros y suras, rozando rápidas otras Merce-
des, atraviesan la ciudad. Con nitidez excesiva, en los
cristales delanteros se reflejan, ligeramente cóncavos, y
huyen hacia los parabrisas, pasantes, árboles, vitrinas
—letras árabes, de neón, cajas de higo—, y en ellas, dupli-
cada, la acera de enfrente: un hombre de cuello y cor-
bata que mira a la derecha, apretando los ojos, y va a
posar el tacón en el asfalto, sobre las bandas amarillas,
un viejo de barba blanca. Cúpula a lo lejos, minaretes
de ladrillo, racimo de bocinas.

Atraviesan —¿quiénes?—: la Tremenda, reina o diosa, ibis o beso, el enano, y un gato local, disfrazados
de emires del golfo pérsico, chilaba listada, trenzados
negros alrededor de la frente, acento inglés y calovares.
Queda el chofer: rebajado a templante bajo tarifa que,
para vengarse de las tortuosidades de ambos, libera los
amplificadores del asiento posterior: una musicanga
soez y andaluza taladra la orejona de la derecha y el mi-
nilaberinto de la izquierda. Se muerden los pellejos, im-
ploran la Quíes, tragan furiosas frambuesillas lisérgicas:

—Al desierto, al desierto —deliran, pétreos.

Por las exiguas ventanas que dejaban las losetas de ese
azul luego copiado por los chinos, se veían, más allá de
los minaretes rojos, las montañas nevadas. Sobre el
suelo de mosaico, en palanganas de estaño y jarras siem-

pre bruñidas, sedimentaba un agua densa y cremosa con que el enano frotaba a los clientes. Desde los cartílagos de los pies, que estiraba para que sonaran, uno por uno, hasta el cuero cabelludo, untaba de esa creolina a los caballeros el breve asistente. Entraba y salía, con un sombrero de fieltro gris y alas replegadas, como un casco, descorriendo una cortina opaca; no podía con los baldes: los brazos le temblaban.

Hartos de aburrimiento y petrodólares, acudían, desde las torres siempre en llamas —y hasta algunos, yugos de esmeralda, desde Maracaibo—, los magnates enturbantados, rosario de grandes cuentas ambarinas, Corán en mano.

Extendida entre vapores profilácticos, sobre un tapiz desflecado, de motivos nómadas, la Tremenda emprendía la apoteosis del puño. Dividía en ramas siempre divisibles, reprobaba, por impuros, los otros contactos. La rodeaban, empecinados como ella, y arrastrando chancletas, el chofer y sus antiguos compinches, macharranes bigotudos de gran vientre, camisa y portañuela abiertas. Tomaban jugo de tomate con vodka.

Una galaxia de bombillos amarillaba la pequeña sala. Entre pilas de tapices enrollados dejaban los adeptos binarios sus bicicletas. En la cámara contigua se acumulaban dones: platos labrados, lámparas, candelabros, narguiles, pipas turcas, un apóstol del manierismo toledano, y un retrato de Kennedy, en canevás y en rebaja. Después de ofrendar, subían por una escalera de caracol hasta perderse en el plafond de estalactitas, entre banderas quemadas. Pedían yogurt con agua efervescente. Salían borrachos a la calle. Soplaba el viento que enloquece.

Catequizaban entre andamios, en una mezquita en ruinas. En los cordajes que apuntalaban la cúpula anidaban palomas. Acudían con sed en caravanas los mercaderes de seda. El viento levantaba arena roja, gotas heladas.

Un halcón posado en el índice, robusta alhajada, la Tremenda dilataba las pupilas, enarcaba las cejas, miraba a la izquierda para indicar "prohibido". El enano se arrastraba convulso a sus pies, daba gritos de conejo recién nacido devorado por un perro pelirrojo. Se alimentaban de frutas secas.

Atravesaban el patio, raudos, los fieles. Un ojo grande. Cubiertos con trapos negros. Reflejados unos en otros, polígonos cuarteados armaban edificios azules, muros que se descomponían en otros muros, cúpulas que giraban, palmas.

De una fuente de mármol con dibujos geométricos —el nombre del profeta, estilizado— sacaba la Tremenda con un cucharón almíbar espesa, abrillantada, con pedazos de caramelo y grumos de azúcar candy, que distribuía a los adeptos. La poción los iba durmiendo. Aletargados, daban vueltas alrededor de la Gran Blanca. Sí, por gorda y por lechosa la adoraban. Con los puños en alto, los idólatras le pedían que bendijera escrofulosos y virulentos, que encauzara litigios o salvara corderos. En lamparillas azules, de pico aplastado con los dedos, ardía en aceite un cáñamo.

Se veían a lo lejos las luces de un bazar repleto de juguetes. Un patio cuadrado. Una tumba en medio de una alberca. En los portales contiguos se aplicaban los talladores de turquesas, de piedras blancas para apoyar la frente.

155

De regreso a los baños —allí los esperaba el chofer estereofónico—, se entregaban a los oprobios prescritos: en bombachos de nylon gris translúcido, apretados con elásticos a los muslos, jugaban con agua sucia. El enano, con un delantal de comadrona austríaca y una plancha dental protuberante y áurea, acercaba, sobre un carrito metálico, de servir entrantes, un jarro de lavado, con una manguera gorda y una cánula de formas pompeyanas. Con vaselina sólida y en presencia del chofer y otros fans ofuscados —ocambos oledores, camioneros malolientes, masajistas y pajeros—, empetaba sin maña a la Contundente el pito de loza cargado de un agua de engrudo que en el interior se hinchaba.

Jugaban con excrementos y monedas. Bebían jugo de palma fermentado. Salpicados de orine, se pintaban máscaras negras.

En ano metía primero las yemas unidas de los dedos, como para cerrar una flor o acariciar el hocico de un tapir; luego, ya entrada la mano hasta la muñeca, la giraba lentamente, con precaución, de un lado a otro, como si esperara el ruido leve que abre una caja fuerte.

En las losetas veía la Tremenda el reflejo de la mano hundiéndose, como si fuera en otro cuerpo, entre sus nalgas rosadas, más bien blandas. Entraba y salía, luminosa; guante finísimo, el lubricante parecía envolverla como un émbolo.

Aparecía entonces el chofer con un biombo desplegado sobre la cabeza, como si se protegiera de un vendaval. Ante los actuantes que acezaban, extendía con pudor fingido la pantalla tensa, que articulaban gruesas bisagras. Detrás, ponía en el suelo dos grandes lámparas.

En uno de los postigos la obesa se levantaba con la

mano izquierda el manto, dejando ver una rodilla pulposa, de contornos netos. La punta del zapato rozaba la tela. Una manito con dedos muy unidos, como en un mazo, aparecía frente a sus glúteos desparramados. A nivel de la muñeca, quedaba cortada por la ranura.

La expansión del Islam y/o del petróleo había desencadenado en ese país, como en muchos otros, una arrafatada manía de "verlo todo en grande". Pronto se dedujo, aunque nunca se enunció, entre los megalómanos businessmen del vaporoso establecimiento, que un ser exiguo, parlanchino y chanchullero, plantado en medio de aquel set de sátrapas en ciernes, era, y no te sientas herido, como una bufonería intolerable a la vanidad imperial.

Con la subida de los flamígeros petrodólares, acudía al pulcro enlosado azul de la casa de abluciones la estirpe naciente —reflejos de joyas y dinares recién acuñados atravesaban los vahos resinosos del sauna—; con la de la clase ascendiente llegó el enano relajador a la perversión de sus manejos.

Dejó de aparentar pretextos terapéuticos y de amainar tensiones. Con una gorra piramidal troncada, de cazador asirio, y en las muñecas tantos dijecillos con frases cifradas como empresarios palpados y agradecidos, subía trastabillante a una escalerilla de lata. De sus botines ortopédicos las suelas enchapadas resonaban contra los peldaños, monedas cayendo sobre un tambor de aluminio. Las manitos le quedaban a la altura de la mesa: se acostaba el tieso envuelto en un paño humedecido en aceite alcanforado, como en un sudario verdoso. Con el vaivén remediador comenzaba el tintineo de las manillas ofrecidas y el traquetear de la escalerita cabeceante. El ungüento de ortigas hervidas iba adobando bajo la toalla púdica el cuerpo turgente o entumecido.

Llegó, y ésa fue su pérdida, a métodos tan despojados y expeditivos que, ya sin soporte ni recato, sus manos repetían solas los pases profilácticos, como quien nada en seco. Se derrumbaba en la camilla el michetón cachondo, e ipso facto resonaba, sin más introducción que la envaselinada, el aparatoso campanilleo: ahondando en el placer, ahondaba también sin más cumplido los dedillos enguantados y brillantes de bálsamo en los aflojados esfínteres de los déspotas.

Con el amaneramiento de sus manejos cundió el de la tapujada clientela: los había que iban a ser humillados por un nadador abisinio, fanfarrón y ordinario, contratado ex-profeso por la casa, en simuladas clases de gimnasia.

Los mansos estiraban torpes fuelles entre los brazos, provocaban pushingbacks, remaban a destiempo o daban saltos hidrópicos sobre un colchón de caucho, frente a la risilla sardónica del Máster, invitando los eventuales pescozones de su irritación fingida.

Detrás de una puerta de cristales coloreados y espesos, donde se reflejaba la pantalla de un televisor gigante, se adivinaban los adefesios sobre pedales, imitando obedientes al jefe semidesnudo y aceitado, presto a corregir el menor fallo.

Otros, más tortuosos, requerían furias programadas: a cada martes, bajo el ímpetu promocional del cuero y el rock —que el taquillero, para ahogar ayes y chasquidos, disparaba a toda máquina—, se reunían en un conciliábulo de cintazos, bofetadas y quemaduras, varios viejos solventes y dóciles, con sus castigadores remunerados.

—¡Y clic y clac! —canturreaba, burlón, el enano, dando brinquitos de saltamontes en medio del mórbido cubículo.

Y, según la recepción de sus acometidas digitales, seguía catalogando eses y emes para la próxima sesión.

Hasta un día.

Llegó al tugurio, embebido y modorro después de un vacilón etílico —el reflejo del vodka escindía, sobre una fuente roja, los grisáceos montículos de caviar caspio—, un potentado de Omán, rechoncho de inocencia y de aspiraciones transpirantes.

No bien había franqueado el beodo bonachón la puerta en herradura que bordeaban preceptos coránicos en oro, que ya el enano mayéutico enfilaba los engrasados guantes y con un mohín de hastío se preparaba a menear la quincallería rotativa.

Cuando el omanita enchumbado se posó orondo en la entalcada mesa de masajes, ya lo esperaban, erectos y en un mazo envuelto en goma, como espárragos raquíticos en celofán verde, los nudosos dedillos del pigmeo.

La pirámide falangista penetró, lúbrica hada, brusca, entre los glúteos goteantes. El magno sintió una estaca ígnea, mil ofuscados serafinillos fórmicos, o bien, la embestida de dardos taladrantes que escapan de un avispero ahumado. Con un gruñido de máscara hitita y los puños cerrados, saltó de la mesa; lo empujaba por detrás un demonio de patas bífidas. Después de una vuelta en paños felpudos, bajo una nube irregular de talco, rebotó maldiciente en medio del enlosado.

El enano mañoso empezó a pataletear y soltó una risilla sonambulesca, como divertido por la cabriola de un gran juguete fofo. Sin tino trataba de aplaudir, pero las palmitas cóncavas no acertaban la coincidencia explosiva. Abanicándose con las manitas desparramadas como patas de cigüeña deshacía los contornos precisos del nimbo; los guantes embadurnados dejaban en el

159

polvo que se expandía rayas quebradas y negras, caídas de pájaros carbonizados en el hongo atómico.

Tosía del polvo.

Alfil deforme, el potentado se deslizaba con velocidad rectilínea y drecreciente por las casillas azules y bruñidas. Lo amarillaban en las junturas disparos suprarrenales de ira.

Sobre él, y también duplicado por el suelo, pero más lejano y difuso y de colores menos nítidos, se dilataba en cúmulos menores el crepúsculo químico, y más arriba aún, cuencas blancuzcas en el reflejo, las cúpulas alhambradas donde se acumulaban, protegidos por las piezas de estuco, los vapores medicamentosos de los baños.

El enano, dando manoplazos en la bruma y agitando una toalla húmeda, como si quisiera abrirse paso en una plaga de langostas o ahuyentar brujas volantes con una pañoleta bendecida, lo seguía a lo largo de su desplazamiento diagonal, como en una mirilla, hasta que el resbaloso fue a dar de perfil, en un enrevesado caracoleo final, contra una palangana de cobre y una jarra gigante llena de manteca de majá, que con tres escobas de mango vinílico se apilaban en una esquina.

Al estrépito amoratado cayeron de un estante jaboncillos ovales, y diez sobrecitos plásticos de shampú, que rebotaron dos veces contra las losetas, como yakis lanzados por un vencedor furioso.

El cheik se incorporó, tumefacto y trastabillante. Con el índice tembloroso —las esmeraldas: luciolillas danzantes en el vaho— apuntó al enano:

—Vómito de gato —lo interpeló mientras se envolvía, como un judoka al salir de la estera, en la bata felpuda que le entregaba un enjuagador timorato, y calzaba unos chancletones de madera con plataformas listadas—, eres, de la expansión, el reverso revigido y enfermo.

Lo agitaban maremotos biliares; las cejas espesas se

le unían —cerdas de puerco espín—; sobre la cara blanca, ranura recta, los labios blancos. Arrastraba las eres como barriles llenos de piedras. Los últimos chispazos atolondrantes del vodka le trazaban alrededor de la cabeza una fulguración naranja:

—Bochornoso adefesio — y la ranura se dilató como zanqueada por dos manos, hasta convertirse en un bembo bámbara o una bocina—, sin recibir telegrama preséntate a las autoridades con tu pijama y un cepillo de dientes. En menos de lo que un mono se rasca un ojo vas a desaparecer de este turbio establecimiento, de la ciudad... y del mapa. Has abusado de la tolerancia califal para librarte a un manejo de trastienda y violar los anales del imperio. Ahora vas a oír el viento levantando arena.

La voz del ajusticiador resonó en el aposento y se repitió tres veces sin alejarse, amplificada por las cúpulas. El menudo no atinó más que a cerrar los ojos con fuerza y a taparse los oídos con la punta de los dedos. Se fue doblando, encogiendo, hasta unir con los codos las rodillas.

Pasó el día con las carreritas apremiantes del miserere; la noche en vela. Escuchó y contó, nasalizadas por los altoparlantes del gran minarete, las súplicas grabadas del almuédano; oyó pasar pájaros, los reactores de un boeing, el parpadeo del lumínico El Al.

Aunque almidonado y ojeroso, al día siguiente se presentó, como de costumbre, en la casa de baños. Con excesiva cautela expidió a los clientes de la mañana. A las doce en punto se comió un plato de pepino con yogurt, probó unos pinchitos y un té con menta. Logró dormir una siesta breve. A las dos, ya estaba como si nada. Se atardó con esmero, cantando y jugueteando, en el hidrópico habitué de las tres. Con él se tomó una cerveza. Iba a tomarse una segunda, helada, cuando sonó el teléfono. De un salto de conejo electrocutado, quedó sobre la banqueta cojeante desde donde alcanzaba el aparato. Le castañeaban los dientecillos. Descolgó ipso facto. No era nadie.

El timbrazo impertinente se repitió a las cuatro.

A las seis, arrastrando chancletas y desgranando cuentas ambarinas, vino a buscarlo el viejo de la taquilla.

Abandonó el cuartucho en penumbra donde tanto consuelo digital había prodigado y entró en la sala de la piscina aparentando gran coolness.

Detrás de la alberca, y coincidiendo con los pilares rosados de dos arcos, lo esperaban mulatones impresionantes, con zapatos de charol verde y espejuelos plateados.

Los reflejos del agua se trizaban en sus trajes de lona negra con grandes puntadas blancas y botones enchapados; los de sus calovares trazaban a partir de los cristales divergentes líneas de puntos.

Según los divisó, el enano salió que pitaba. Corría en zigzag por entre las columnas acanaladas como si lo persiguiera un jabalí recién capado o un disparo de culebrina. Tiraba tras sí persianas rápidas y portezuelas, desplegaba biombos dobles, abría a toda mecha duchas hirvientes, desenroscaba tuberías de vapores, regaba por el piso resinas y piedras encandiladas, hojas de afeitar y jabones, avanzaba a distintas velocidades, como una miniatura automática, dando saltitos breves, de zunzún asustado, y cuando se embalaba, tropezones y cabezazos; huía acelerado, casi a ciegas, hacia el trastero de los baños. Entonaba una cancioncita de combate.

Pero sentía detrás, acercándose con un ruido de roturas y derrumbes encadenados, caer las empalizadas protectoras como paredes de arena, una a una, con la misma inocencia y agilidad con que las había levantado.

Como una exhalación entró en el cuarto trasero y se cerró con doble llave. Detrás de la puerta acumuló una bicicleta de gimnasia, para pedaleantes fijos, unas pesas esféricas de Charles Atlas, dos remos y unos estropajos de alambre. Trepó por unas cañerías oxidadas y porosas que sudaban agua helada, aferrándose a los grifos como un mono araña; acezante y desgreñado, se acostó sobre un tanque rojo, cerca del techo. Juntó las manos y apoyó la cabeza en ellas. Recogió las piernas. Yacía en una colina, sobre un río subterráneo. Escuchaba, con el de la sangre por las manos, el fluir del agua en la tierra. El rumor amigo los escudaba. Pensó en un árbol frondoso, con lianas que bajaban de la copa y escaleras de soga.

Se durmió.

Los truhanes irrumpieron derribando la puerta. Traían una gran red como para pescar salmones o cazar mariposas gigantes, y una vara de tumbar gatos. Habían transpuesto las murallas concéntricas de gases deletéreos. Consignas y cantos de trabajo. Se hablaban por talkies-walkies. Con ademanes envolventes y empalagosos, el viejo taquillero los alcahuetaba.

Arremetieron a troche y moche contra la tubería, y luego, con la furia de un ciego, contra el tanque, para abollarlo. El enano saltaba a cada bastonazo como si la tierra temblara.

Apostaban a quien lo tumba. Se reían. Tiraron contra el techo una botella de creolina.

—Vamos a achicharrarte —tarareaban.

Perforaron el tonel. Luego, dando trancazos en los tubos que confluían a cada lado, lo dejaron mocho, como un corazón para injerto; el agua oxidada caía a borbotones, cortina fermentada sobre el muro. Cuando ya no chorreaba, y con la vara como palanca, lo desprendieron de un tajo. Precedido por el tanque y por un estrépito claveteado, el enano cayó redondo, como un coco maduro, en medio de los matones que se carcajeaban.

Antes de que los jaraneros se agacharan para recogerlo, salió disparado por entre sus rodillas, que separó como una puerta automática. Les tiró una botella de cerveza que fue a trizarse en un charco de espumarajo. Uno de los agentes intentó cazarlo con la red, el otro le lanzó una piedra caliente.

Aunque abotagado, el diminuto se escabullía. Daba tropezones y batacazos, rebotaba; atravesaba las trampas como una jutía la manigua ardiendo. Los cumplidores del deber saltaban, se le tiraban encima, pero la jiribilla se les escapaba de entre las manos, como un puerquito engrasado en una feria.

Les subió la mostaza a la nariz. Empezaron a cazarlo con lazos, potro cerrero. Los círculos de soga le marcaban en la piel heridas simétricas y trenzadas, como chupones de sanguijuela, cuños y emblemas sangrantes, de hilillos ténues, rosetones de coágulos. El enano se los refrescaba con una esponja, seguía corriendo, rodaba escaleras abajo; recitaba los conjuros yorubas que paralizan alimañas ponzoñosas y las encierran en círculos de fuego. Lloraba. Escupía sangre. De rebote, los vidrios de sus misiles, afilados bumerangs verdes, le rajaban los pies.

Ya los bribones lo veían perdido, pero no se contentaban. Lo perseguían alevosos de sala en sala, por entre las tarimas destartaladas, tirándole monedas para divertirse y en las heridas chorros detergentes.

Tomaron una toalla gigante, de felpa gorda. Cada

164

uno, con los brazos abiertos, la agitaba por dos puntas. La radio desgranaba una musiquilla borrosa, con chillidos de marionetas y marimbas. Los talkies-walkies intercambiaron risitas.

En una habitación de lavado, se disimuló entre sábanas sucias, jabas de paños, guantes enjabonados y delantales. Dejó de respirar. Se hizo blanco, estrujado, se dibujó en la piel las iniciales del sauna. ¿Un hueco en la pared? ¿Los dioses miriápodos lo habían trasladado a sitio seguro? ¿Cegado a su imagen los secuaces? ¿O, lógica del lugar, se había evaporado?

—¿Dónde está el traidor? —al unísono, los aparatos.

Los matarifes se detuvieron, chasquearon la lengua. Con la derecha, un piñazo en la palma de la mano izquierda. Escupieron. Se limpiaron los calovares empañados.

El taquillero lo detectó: temblor en la pila de ropa sucia. Los malévolos le tiraron la toalla con un gesto despectivo y amplio, como pescadores borrachos una red. La felpa lo englobó. El paño se abultó por todas partes, empujado por pataleteante: las manitos modelaban salientes redondeados de cinco puntos.

(Gracias a un sistema de cartoncitos numerados a mano, que distribuía por orden de propina, el taquillero —tabaco en la boca y oreja perforada— se autonombraba "dueño de los caballitos". Trataba a los avezados compinches del shah como a recienvenidos, para provocar en ellos, de rechazo, regalías megalómanas; arribistas, promotores y lobatos de Dubaï eran acogidos con arrogancia y calculadas groserías; la compulsión de humillarlo invitaba a esos jefesones del mañana a recompensas desmesuradas. La policía —se dijo para su capote al ver los rufianes— merece técnicas de sumisión más rentables y mezquinas. —Aquí me tienen— les espetó con excesivo aplomo y con dos salivazos oscuros, que proyectó entre los dientes como chorros de veneno—, para ayudar al país en lo que esté a mi alcance. Ensortijados y con manchas de nicotina, sus dedos temblorosos arbolaban un habano de punta babeante.)

Después de algunos saltos empanados y de trazar a la carrera las diagonales de la toalla, el huyente franqueó los bordes antes de que los esbirros le echaran mano. Sepultado a cada salto bajo un derrumbe lanoso, sobre la espalda cien lombrices en esférulas de vidrio, dio un patinazo y cayó en una palangana de plástico fluorescente que las viejas trapeadoras dejaban en el trastero a cada mañana, con arpilleras y esponjas en remojo. Una solución urticante y enjabonada le entró por todos los orificios. Tosía y temblaba, invocando la merced mahomética, cuando un nuevo aluvión le golpeó las orejas. Trató de escapar. Resbalaba ladera abajo. La nube de peluche se le cerró encima.

Lloraba con pujiditos regulares, de pequinés perdido, y con los puños se frotaba los ojos. Lo ahogaba el oleaje velludo. Con una soga los perseguidores ajustaron la toalla al borde de la palangana; así lo sacaron a la calle, como un árbol invernante en un tiesto. Los atlantes portaban por la base al encapuchado. El taquillero leal los seguía desgajado en consideraciones destinales del calibre de "estaba escrito" o "al que le tocó le tocó", plañidera andaluza lanzando saetas a un penitente. Ya en la acera, y siempre envuelto, botaron al caño la palangana y le apretaron la cuerda alrededor de los pies. Empaquetado. Un hueco, para que respirara. ¡Al maletero del Cadillac!

Era temprano en la noche. A través de su envoltorio sentía el ruido de la ciudad que se apagaba. Irrumpieron dos altoparlantes encarnizados dirigidos a cada oreja, de un lado y otro del cofre, para despedazarle el laberinto y rebanarle las trompas con decibeles sádicos: un bombardeo de partículas sonoras a pretexto flamenco. Situó, no obstante, detectable por sus maullidos aljamiados, la presencia, en el asiento posterior, de un felino local.

El empaquetado se roe las garras, añora sus bolas de cera; lo desorienta el taconeo cañí. Cuando cesa, no sabe dónde está, cuánto tiempo ha pasado. Sabe, eso sí, que el auto es rápido, que abandonan la ciudad —reconoce el rumor de las palomas que anidan en la cúpula de una mezquita en ruinas, y luego, el de unos talladores de piedras en un bazar repleto de juguetes.

Por largas horas la arena viene a golpear la curva del cofre.

Se detienen en un sitio habitado: agua menuda y corriente. Distingue las ruedas de un molino y, duplicando su rumor constante, el de una plegaria.

Graznido de grullas.

Roldanas, cuerdas, cubos bajando, la voz brutal de los nómadas.

De nuevo emprenden el viaje. Es de noche. Frío en el cofre. Silbido regular del viento. Ruedan en línea recta, a velocidad constante, lacerando la arena.

Despertó junto al mar. Era un balneario moderno, o una medersa. Tres pisos de distinta madera y arcos de distintas curvas. En lo alto de los muros, listas estrelladas, de mosaico azul. Los balcones barnizados, de factura minuciosa y tornada, antiguos mucharabíes, abrían hacia el patio interior del edificio.

Sintió como si una muchedumbre burlona se fuera a asomar para mirarlo por el suelo, con fondo de baldosas ortogonales y amarillas cuyas junturas esmaltaba el salitre.

Ni el olor del mar ni el oleaje. Como si los arcos estuvieran obturados por láminas finísimas y el exterior no fuera más que un virtuoso espejismo pintado en ellas.

Silencio litoral sin pájaros.

Estaba sudado y solo.

Ni trompe-l'oeil ni cristales: del agua, audibles splashes regulares, braceo, brotó un bañista desnudo.

Era un superchongo local de bigotes y barba. Motas negras espirales, irradiantes remolinos, le confluían en la línea media del pecho. Pingón grande amoratado. Talones tendinosos.

—Basta de arrastrarse por los balnearios —le dijo, atravesando sin trizaduras los arcos, mientras, secándose con las manos, lo salpicaba de agua salada:

—Da vergüenza tanta penuria en un país que ha triunfado sobre un enemigo invencible.

—Para una mujer muy linda —añadió sin transición, como si repitiera lo precedente— obesa y albina, indago por animales con cara humana.

—Necesitan enanos.

II

Reaparecieron todos en el Gran Hotel de Francia:
la Tremenda "algo entrada en carnes, ¿verdad?" —decía
ella, ahogada en una faja de ballenas metálicas, ante el
espejo del tocador, un peine gigantesco en la mano—, el
chofer, cada día más sarazo y sabrosón, el enano, escapado de los pioneros de la patria, y el gato persa, hecho
un facineroso, encaprichado en no probar nada de lata.

Los habían albergado, formalmente por una sola
noche, dos viejas atareadas y terrosas, la frente acribi-
llada de tatuajes azules, ya apagados, último reducto de
la servidumbre indígena; mimando las exigencias del
esplendor colonial, frotaban con detergentes enzimáti-
cos y perfumados la loza descascarañada de los orinales,
y, a gatas, los mosaicos deslustrados de la recepción:

—Para Madame —y adoptaron la antigua distancia de
los gerentes agobiados—, disponemos de la habitación
rosada. Para el chofer, de un catre, en el dormitorio común del sótano. El enano y el gato tendrán que confor-
marse con el zaguán de las escobas. No hay ratones.

Y siguieron distribuyendo frenéticas esférulas de
naftalina por los desvencijados escaparates vacíos y fro-
tando con Harpic Superactivo los bideles secos, rastros
negruzcos y malolientes de orine y cloro, llaves niqueladas, con lamparones y abolladuras, caños tupidos, mohosos.

169

A la noche siguiente, en medio del oasis, se habían reunido en sesión hermética, escondidos en un marabuto blanco, de ventanas profundas, tapizado con esteras. Nadie podía guiarlos hasta el sitio convenido. Por separado, vestidos de harapos sombríos, atravesaron el palmar. Los orientó el viento, el sentido de la corriente en los surcos, los distintos dátiles, y ya más cerca, el cuarto menguante de cobre y la estrella, cúpula de cal, puerta claveteada, verde.

Habían bebido jugo de palma fermentado. Junto al túmulo funerario, sudados, hartos, se tocaron unos a los otros en silencio. Ayudados por la fe, que sutiliza al devoto y embota el oído de centinelas y rateros, habían burlado vigilancia de propietarios y acecho de maleantes, atravesando ilesos rondas de perros.

No asustaron torcazas. No arrancaron granadas a su paso.

Querían vomitar.

Se desnudaron.

La Tremenda se dio tres pases con un pañuelo negro que anudaba en la punta una piedra de alcanfor. Daba vueltas sobre sí misma con los brazos alzados y pulverizaba un incienso de azucenas que traía en spray. Un vestido largo y acampanado le apretó el vientre como pudo —el enano se lo había resguardado con tres cenefas de inscripciones bordadas.

Parado a la cabeza de la tumba, como un guardián parsi invitando a los pájaros, el chofer premiado, con un vaso de fermento en una mano, y un hipo zoroástrico que lo estremecía con sacudiones pilóricos, se rascaba la barba negra, ahora con reflejos cobrizos, que la Tremenda le había pintado con alheña. Sus ojos eran claros, color de cerveza o de ópalo apagado, sus mejillas lisas. Seguía desnudo. O casi: con lino humedecido en anís y entorchado, el enano le había construido un turbante gigantesco, de cúpula abombada, que incrustaban filigranas de oro como las de un mausoleo mogol. Sus grandes pies de uñas limadas se apoyaban en el borde de la tumba. Bajo el turbante asomaba el pelo hirsuto, quemado, sin arreglo. Las manos sin sortijas.

Bebió de un trago el fondo del lekmí, como quien ingurgita una copilla de camarones. Sudaba.

Iban a caer los cuatro en un sopor listado cuando los distrajo, en el fondo del marabuto, un aleteo leve y uniforme, audible apenas. El gato levantó de golpe la cabeza y dilató los iris como dos aros encendidos.

En el suelo del mihrab, sobre la mayólica esmaltada, y coincidiendo con las huellas vueltas hacia la Meca de los pies del imán, descenso lento, vino a posarse un faisán de cuello y alas blanquísimas, terminadas en plumas puntiagudas, como de nácar.

El mihrab brilló con un esplendor de urna escarchada, como si lo aclarara una aureola boreal o un gran neón invisible. Del nombre del profeta las letras plateadas comenzaron a chisporrotear, como un soplete de soldador, brasas azules que iluminaban todo el recinto.

De pronto, el mihrab brilló con un esplendor de urna escarchada, como si lo aclarara una aureola boreal o un gran neón invisible. Del nombre del profeta las letras plateadas comenzaron a chisporrotear, como un soplete de soldador, brasas azules que iluminaban todo el recinto.

Quedaron inmóviles, con la tiesura alelada que requieren estos milagros. Cambiaron, eso sí, de color. Tornóse la Tremenda como de mármol. Sus senos, que en el rapto había descubierto, eran esferas sopladas, tensas. Creía elevarse, remolineante, aspirada hacia el tragaluz, hacia el cielo coránico. De su traje los pliegues y los planos se proyectaban en hélice alrededor del cuerpo. La rodeaban en abanico tres cenefas de inscripciones cúficas.

Estaba en realidad densa, espesada por el miedo, anclada al suelo. Brillaba, es verdad, como todo en el recinto milagrado: tenía la soltura y majestad de un elefante marino reptando para el acoplamiento.

El chofer: rojo, duro también, sin vetas: de porfirio. Puños cerrados, brazos rígidos. Mirando fijo el nombre ardiente, como si las letras lo llamaran. Entró en erección. No sabían ya, los reunidos bajo la bóveda, qué milagro loar más, si la incandescencia de los arabescos o la túrgida musculatura que latía —lo único móvil en aquel museo de cera— tocando en su diástole, con el nudo proverbial, el vientre.

El menudo no atinó más que a cerrar los ojos con fuerza y a taparse los oídos con la punta de los dedos. Se fue doblando, encogiendo, hasta unir con los codos las rodillas. Así cayó al suelo, como si fuera a gatear; miró hacia atrás y arriba, carita sulfúrea, prenatal de asombro.

El gato saltó hasta la tumba y después de haber olido con minuciosidad el terciopelo negro que la recubría, como si lo hubiera cuadriculado, comenzó un ronroneo baritonal, festonado de solfeos familiares, como si buscara en el fondo de un armario a un recién nacido.

Así quedaron largo tiempo, hasta que el fulgor de las letras se fue atenuando, apagando, hasta que la penumbra, que avanzó desde las ventanas por entre las banderas verdes, volvió a apoderarse del lugar.

La luna blanqueó las esteras.

Se escuchó, más cercano, el aullido de los perros; la ronda avanzaba hacia el marabuto.

Las viejas, reticentes primero, ablandadas luego por los serviles zalamelés del enano, les habían permitido instalarse, aunque sólo hasta fin de mes, en un piso abandonado del Gran Hotel, secuela chinchosa de la colonia, cuya loza conservaba intacto el antiguo blasón flordelisado.

El enano, más pillo y socarrón cada día, se encargaba de acopiar muebles innobles, extraídos de asilos gratuitos, y ropa de mendigos o maniáticos, llena de costurones y nudos, quemada, que iba a buscar a las leproserías y hasta a la morgue y que, para diferenciar de los insulsos atuendos comprados de primera mano, calificaba de "vivida" o de "portadora de historia".

La Tremenda y el régisseur revigido se habían alojado en una antigua "suite azul", requisada hoy por el gobierno y las cucarachas, que habían reamueblado para halagar el gusto petulante del chofer y las exigencias acolchadas del gato.

Con su estruendo tornillante, anuncio de bocanadas neblinosas —cuando coincidían, en una constelación fasta, el agua y la corriente para alimentarlo—, un aparato humidificador, del tamaño de un gorila embalsamado, convertía el cuarto en un andén indio de segunda durante el monzón.

Frente al ventilador, suspendido al plafón con guirnaldas de papel crepé, en una cesta de mimbre oscilaba el gato, rodeado de platillos de salmón fresco y de cojines del mismo paño negro que recubría la tumba del marabuto.

Habían plantado alrededor banderas raídas y desplegado esteras y escrituras. Un buda de madera dormitaba entre tuberosas marchitas.

La habitación contigua había sido compartimentada utilizando puertas de escaparate, gavetas napoleónicas y hasta el carapacho de un auto, obra apresurada del chofer, en dos células exiguas, para las viejas.

La alfombraban retazos de un tapiz ya muy pasado, con motivos nómadas, garzas blancas y negras, simétricas, anudadas como iniciales de escudos; las bordeaban arabescos de un rojo pálido, con hilachas sueltas.

Una lámpara de platillos y soportes triangulares, vestigio del Bauhaus, dispensaba una luz tísica sobre un árbol gigante —hallazgo ornamental del enano—, con dos troncos trenzados, de poliester, y hojas barnizadas y elásticas, de un verde ecuatorial siempre fresco, con gotas de rocío y hasta moscardones tornasolados revoloteantes.

Un pulverizador americano, que había que alejar de los ojos y mantener siempre recto, esparcía el olor inconfundible de los oasis argelinos, cuando amenaza la llovizna helada al caer de la tarde y después del Ramadán.

Se les fue la mano en los pajarillos: demasiado numerosos y trinantes. Y lo que es más: había que darles cuerda todas las mañanas.

La Tremenda entraba sigilosa en ese claustro.

La precedía el enano, fumando mariguana, en un batilongo de fieltro rojo, con bolsillos abultados como serones. Guantes y pantuflas deformes, piel de puerco repujada.

Las siluetas azulosas de las viejas durmientes se disolvían en el humo: bultos respirantes, extendidos como largos animales boca abajo; las cobijaban ondulaciones horizontales, sus propios pelos. Grandes anillos articulados, negros, atravesados por una raya brillante, segmentos de orugas o de escolopendras.

En medio de ese aquelarre sosegado —en las tarimas, vuelcos lentos—, en un silencio interrumpido apenas por los arqueos de la Tremenda y por sus continuas desmañas, el enano sacaba del bolsillo una ampolleta con un gran tapón del mismo vidrio, tallado como un brillante. La abría con un gesto rápido. La Tremenda bebía con amagos de vómito: un líquido amarillo claro, oro inestable, sedimentado; al fondo, una borra cenagosa, densa. Cuando había absorbido hasta la última gota del frasco opalescente, aguantado náuseas y jadeos, entonces, exaltados por las furias del filtro, iban a buscar al chofer, que una abstinencia azuzada —le condimentaban inmoderadamente los alimentos; un anillo de jade verde claro le oprimía la base del miembro— había preparado para el acto.

A la sombra de las sábanas cremosas que caían de las literas a diferentes alturas según se volvían las aletargadas, como estandartes raídos en la penumbra de una fiesta nómada, la Tremenda tronaba, desnuda y pintada de rosado. Un trazo de oro, continuo, le marcaba exactamente la línea media del cuerpo, desde la cabeza, donde coincidía con la raya del peinado, hasta el triángulo negro y encrespado del pubis; allí se hundía, para reaparecer entre las nalgas y ascender a lo largo de la espalda, siguiendo la curva de las vértebras y el cuello, hasta encontrar de nuevo la cabeza.

Emberrenchinado por el madrugón y por los aguijonazos foliculares de la continencia, el macharrán apareció con los ojos irritados, bostezando; entre dos improperios se rascaba lujurioso donde más le urticaba.

Como si volara sobre sus pantuflas, enredado en fugaces mosquiteros, el enano saltó de una litera con un címbalo menudo en cada mano. Fingió entrechocar los platillos en alto: los detuvo antes del chasquido.

Los ejecutantes se miraron a los ojos como si se develaran en el silencio de una tienda nocturna. El iranio comenzó a desnudarse. Siempre amodorrado, se quitó con pereza un pullóver que debió ser blanco —impresa, la efigie de Mohamed Alí. Lo tiró sobre uno de los camastros. De entre greñas destrenzadas brotó un gruñido.

Estaba descalzo. Cuando se bajó el pantalón no quedó en calzoncillos sino en una trusa de rayas horizontales verde japonés claro y rojo cinabrio. Se hubiera dicho —si no se le conociera, claro está— que bluffeaba: lo que se le marcaba, amigamía, apretado por las franjas, como si los complementarios orientales vinieran a servir de estuche a tanto y tan palpable aporte, era... cómo decirlo sin ambages... tremendo paquetón.

Lo miró de arriba abajo y de abajo arriba la Tremenda y, posando un instante la vista, como un zunzún aturdido, en la frontera abombada y tensa de las rayas, entre la yerba fresca y la sangre prehistórica, dejó escapar un ahogado "sería una locura".

Para quitarse la trusa estiró Supermán el elástico de la cintura como la cuerda de un arco. Saltó el dardo vibrante, raudo, como una ardilla china liberada de una trampa. Con la mano derecha el chofer trató de amansarla, pero los cuidados y caricias, en lugar de impartirle sosiego, le inculcaban brío.

El enano desapareció unos momentos enredado en el mosquitero; volvió portando en la cabeza una fuente de cobre. La talla del atlante nos invita a una descripción desde lo alto:

rodeaban el centro, ocupado por un montículo piramidal de pastelitos enharinados, depresiones regulares, como espejillos cóncavos, para vasitos de té con menta y, hacia el exterior, geometrías labradas: una cenefa que interrumpían, a cada lado, simétricos, cuatro dedillos enguantados. Más abajo, sobre un fondo de garzas y arabescos, avanzaban, en canoas negras, dos piececillos amarillosos, helados.

En silencio, mirando al suelo, los ejecutantes comieron de la fuente; intercambiaban golosinas ensalivadas que se introducían entre los labios con la punta de los dedos.

Luego, a una señal del enano, el chofer, cuyo cuerpo relumbraba, rodeado por una aureola blanca, tocó la frente de la Obesa, como si fuera a imprimirle un punto rojo entre las cejas. Cuidadoso, temiendo apartarse, siguió con el índice la línea de oro. Sobre la nariz, sobre los labios; lo entró en la boca.

La Tremenda separó los dientes, lo sintió penetrar, rígido, aún con el gusto almibarado de los pasteles, hasta el fondo de la lengua. Allí el señalador lo detuvo un momento. Luego, siempre mirando al suelo, lentamente, lo fue retirando, hasta que volvió a quedar, brillante de saliva, otra vez sobre los labios, tocando, leve, la línea de oro.

Lo bajó por el mentón, y, cayendo de terraza en terraza, como un trineo volcado, por las blancas papadas que arrubensaban el cuello de la Tremenda. Desapareció en el desfiladero angosto, entre dos peñones gemelos, encalados y lisos como estupas. Se hundió luego en el pozuelo de fondo rugoso y, más abajo, en la falla húmeda, de paredes resbaladizas.

Salió.

El enano simuló otro golpe de címbalos.

La Tremenda se volvió, despacio.

El dedo, acróbata vacilante sobre el hilo de oro, comenzó entonces a escalar la otra vertiente.

Se adentró por el pasadizo escabroso, más seco y escueto que el precedente. Hizo amago de retirada. El enano asintió con la cabeza. Entonces el iranio, escupiéndose la mano, los dedos reunidos en un cono, la hundió hasta las falanges, en el túnel que se iba dilatando a su paso.

No se deslizaba suave, como un émbolo aceitado, sino forzando anillos, a destiempo, con empujes bruscos. El aro dilatado, elástico rosa, apretaba la protuberancia de los huesecillos como un ligamento embibido en ungüentos rojizos.

La Tremenda se prestaba dócil a ese maniático entretenimiento. Con los dedos separaba las masas blancuzcas y gravitantes de sus glúteos —reflejos irisados—, esferas magnéticas: querían fundirse. Las uñas marcaban en la piel lamparones violáceos, tachonazos, breves rasgaduras que se agrandaban con la presión de los dedos: la mano avanzaba ensalivada, compacta, hundiéndose hacia el centro gomoso de la Obesa.

Desaparecieron tras el ligamento los primeros vellos, las líneas de la palma —así, desde abajo, lo veía el enano. Penetró entonces pausada, hasta llegar a la angostura de la muñeca; allí la detuvo un brazalete de plata, apretado y ancho, con tres letras grabadas, como la señal convenida para suspender los avances digitales o el pañuelo que se anuda a mitad de un miembro juzgado excesivo para un desvirgamiento.

El enano había situado un espejo marroquí sobre el tapiz, y en el mercurio oval entre grullas, como en un lago de invierno, contemplaba, invertida, la entrada del gigante en la gruta.

Por exceso ritual o por sorna se había tocado con un

sombrerón como una torre de Ghardaia con sus cuatro dedos implorantes.

Llegó el chofer al dije inicialado. El enano oficiante alzó la mano derecha, como para detener o bendecir. En cuclillas, con los ojos apretados, había escudriñado el umbral de penetración en el espejo. Cuando comprobó el hundimiento requerido —la completa desaparición de la mano—, con gran traqueteo de sus resortes articulares se incorporó, y al oído del sudoroso penetrante murmuró un contrito "basta".

La mano retrocedió en lo oscuro, distanciando los aros hasta liberar los dedos.

El herrumbroso depuso la torre mozabita y levantó el espejo.

Los imbricados se separaron con un chasquido leve, piezas entrelazadas de un acertijo de clavos, siameses, o figuras fornicantes de un biombo pintado, cuando, a la llegada de un visitante arisco, se cierran de golpe los postigos.

La Tremenda amaneció cosiendo y cantando.

Cuando, después del almuerzo, se encontró al chofer que andaba ya, como de costumbre, por su vigésima Carlsberg en lata, y, entre eructos lupulares y apremiantes micciones de espumarajos, corría al hammam de la Medina con sus amigotes, fingió un bostezo ovalado y bajó la vista.

Esa misma noche empezó a hincharse.

Comió, a pulso, azúcar prieta.

Subió los pies a una sillita de madera con peces pintados.

Inquietas de su inanición e hinchamiento, por la tardecita las viejas la levantaron. La bañaron con distintas

179

albahacas. Junto al oído le agitaban cascabelitos chillones y le contaban chistes cochinos para reanimarla. Le dieron un vaso entero de crema de vie, con mucho ron y huevo.

Con pretexto de alta costura, para que pasara el tiempo, se pusieron a vestirla. Debajo de la curva cada vez más abombada del vientre y hasta el suelo, la apretaba una saya blanca y negra, dura, como un cilindro de mármol o una columna con círculos escindidos, lacerías y ojillos; un gran cinturón repujado, con piedras negras incrustadas, como piezas de dominó, lo sostenía sobre la cúpula.

Le habían recogido el pelo en un cebollón brillante y voluminoso; lo coronaba una cofia trenzada, con redondeles de plata y rombos grises, a la vez relumbrante y severa, como la de una reina austríaca.

No terminaron de ornarla.

En el ajuste de alfileres, le asaltaron los primeros dolores. Las viejas la desvistieron, rápidas; con ademanes insistentes o empecinados le recitaron exorcismos roncos; se agacharon para examinarla.

Compararon la abertura anal con una moneda y comenzaron a dar carreras aparatosas por los pasillos del Gran Hotel, buscando compresas de mostaza y amuletos mahometanos frotados a la pared del marabuto, que iban pegando, con invocaciones al plantador del primer dátil, en las orejas con emblemas tribales, en los tobillos, en las muñecas y, como podían, en los dedos hidrópicos de la obesa al cuadrado. La dilatación pasó de un dinar a cinco, y luego a cincuenta.

(El enano trataba de alimentar con cuaker muy azucarado y tibio al gato, que vomitaba las cucharadas, apretaba los labios y lloriqueaba, preguntando por la Gorda.)

Las viejas chancleteaban por los cuchitriles chincho-

180

sos, llenas de amarres; con paños de trapear se secaban las lágrimas. Rezaban escondidas, vueltas hacia la Meca.

Agarrada al árbol plástico, lleno de frutas diversas y abrillantadas, y de pajaritos trinadores, de pie, la Tremenda dio un gran pujo. Sobre una colcha de hilos blancos y negros, restos de un tapiz iranio, cayó parado, como sobre una flor de loto, la mano derecha alzada y abierta, sonriente y rojo, como de sangre fresca o de porfirio, el engendro tramado por el enano.

Abarcó el espacio entero con el "vistazo del león" y dio siete pasos: a la derecha, a la izquierda, al norte y al sur.

Dando gritillos agudos e intermitentes —con los dedos se tocaban los labios, como para anunciar un matrimonio kabila—, las viejas lograron atraparlo. Era huidizo y resbaloso, como si lo hubieran cubierto de aceite. Lo metieron en una palangana de baldeo. La jiribilla se agitaba y quería zafarse, huir hacia el árbol. Con un manto de siete franjas le envolvieron los pies. La Tremenda lo miró entonces:

Su cráneo presentaba una protuberancia. El pelo, trenzado a la derecha, era azulado. Frente ancha y unida; entre las cejas, un círculo pequeño, de vellos plateados. Los ojos, protegidos por pestañas como de novilla, eran grandes, brillantes. El lóbulo de la oreja tres veces más largo que lo normal. Cuarenta dientes sólidos y parejos protegían una lengua larga y afilada: excelente sentido del gusto. Mandíbula fuerte. Piel fina y dorada. Cuerpo a la vez flexible y firme, como tallo de yaro; amplio de torso, pecho de toro, hombros redondos, muslos llenos, piernas de gacela. El brazo, pendiente, tocaba la rodilla. Una fina membrana le unía los dedos de las manos y los pies.

181

Desde la arena, una serpiente veloz y azabachada saltó hasta el cuello del saharauita que precedía la caravana. Lo derribó envenenado.

Dos veces tembló la tierra.

En las montañas, entre las ruinas de un fuerte nevado, nació un cordero con cara humana.

Toda la noche, a lo largo de la muralla, el almuédano sonó trompetas de cobre, rechinantes y monocordes. Lo seguían perros que enmascaraban bozales desproporcionados; también dos acólitos encapuchados, en albornoz de lana blanca, cuyos faroles trazaban en el muro líneas rápidas, inclinadas como eles o lanzas. Huían a su paso, y se escondían en los huecos de los antiguos puntales, lagartos blancuzcos y palomas.

Depuestos faroles y flautas, a la luz del cuarto creciente, la comitiva anunciadora fue una teoría de monjes zurbaranescos, ceñidos en los volúmenes blancos de sus trajes, sobre un fondo inclinado y verdinegro.

Se añadieron a los heraldos sonámbulos y perros.

Los perros guardianes iban lamiendo las puertas de cobre.

Cuando concluyeron la vuelta a la ciudadela, enlazadas con el paso de las luciérnagas las torres que terminaban en puntas como dedos implorantes, ya clareando, se detuvieron en el patio de una antigua medersa.

Contemplaron en la alberca inmóvil el reflejo de las ventanas perforadas, cenefas verdes, una decreciente sucesión de arcos, y más lejos, el rectángulo blanco y uniforme del cielo.

—Que desde el alba hasta el crepúsculo nadie coma ni beba; que nadie fume ni fornique hasta el regreso del cuarto creciente. Se ha de lavar primero la parte derecha del cuerpo. El alcohol está proscrito para siempre.

—Que de noche se vele: la religión es vivir al revés.

Dos días después los fanáticos arrancaron de raíz las viñas y tirotearon un camión de botellas de vino.

Exilaron junto a un pozo salado y allí abandonaron a un incrédulo, sorprendido en los baños con un efebo.

Los ayunadores denunciaban a los que descubrían con el aliento nublado de cerveza, o sospechaban de escuchar en secreto la radio libia.

Se fajaban entre amigos.

Se desmayaban sobre las pilas de azafrán en el mercado.

Para observar, no sin alarde, la cuaresma, las viejas se velaron de azul prusia; oscurecieron los tatuajes de la frente con añil y alheña.

Viraron al revés los espejos.

A las privaciones impuestas añadieron el silencio.

Designaron al enano, amarillento y desmejorado, con los párpados rugosos, como el imán doméstico de emanaciones enfermizas o nefastas: lo envolvieron en paños blancos para despojarlo.

Lo encerraron, rodeado de ramos de anís, en el sótano.

No lo alimentaban más que de leche y ajo.

Se fueron extinguiendo todos, sumidos en la pesadumbre y la afasia, clausurados en un desván moroso, entre cobres abollados, tres pilas de manteles sucios y un tapiz macilento, con garzas mordidas por los perros.

183

Ya en la pendiente de la verdadera ascesis, las viejas vendieron al por mayor los últimos bienes y enseres, y una mañana, menesterosas y lloviznadas, se fueron, cantando el Corán a troche y moche, como vesánicas o ciegas, a mendigar el sustento diario por los vericuetos de la Medina, entre curtidores y triperos.

Ya en las postrimerías de la cuaresma, el iranio, que había soportado sin desahogos las ataduras de la abstinencia, para recuperar la fuerza malgastada en ayuno y evadirse, aunque fuera por un rato, del lóbrego laberinto de los cuartuchos y de la vigilancia de las viejas, multiplicó por esa noche su acostumbrada dosis de kif, y la mezcló con·yerbas aún más violentas.

No vio colores cebrados ni escuchó cuerdas tensas zumbándole junto a la oreja; no atravesó geometrías cóncavas y fosforescentes.

Al cabo de las horas, cuando ya creía el efecto de las fibrillas pasado o inocuo, sentado frente al televisor —violines desafinados, coros sonámbulos—, un demonio tentacular y negro lo sopló por el pecho.

Saltó del sillón, como liberado por un muelle. Se lanzó contra los vidrios de la ventana.

Con una camiseta ensangrentada, pantalón de mezclilla, las pasas engrifadas y un par de calovares rotos, hablando solo, plácido y amenazante, corrió toda la noche, entre risotadas, por las callejuelas fangosas y malolientes de la alcazaba.

Después, no se supo más nada.

Tampoco de la Tremenda.

Creyeron reconocerla, bailando danzas populares bereberes, con una flacucha maliciosa, y exhibiendo el palmípedo como una curiosidad de circo o una maravilla, en las verbenas anuales de un yacimiento de aguas minerales.

Cantaban con voces fañosas y se meneaban al compás de violinillos y un piano, sobre un estrado, ante una vidriera cuarteada y repleta de Orangina.

También se dijo que merodeaba por los tumbaderos comedidos de Tetuán.

Pero seguro no era ella.

Volvemos a encontrarlos en una casa morada, con toldos enrollados que la mugre ennegrecía.

El enano hojeaba un manuscrito: geometrías blancas.

Las viejas tejían bajo sauces disecados, entre perros tristes, de orejas devoradas por lobos.

Cada vez más al sur: se instalaron en un molino cuyas ruedas impulsaban, al bifurcarse, las aguas de un arroyuelo.

Un santón de harapos blanqueados por la harina, collar de ópalo en la mano, les daba aceite y vino. Lo seguía el gato coránico, carita de búho, preguntándole siempre si había algún peligro.

Duplicaba el de las plegarias el ruido incesante de las ruedas.

Interrogaban noche y día. Temprano en la mañana la Tremenda salía a comer yerba.

Lejos, en pleno desierto, entre peñascos, se divisaban mausoleos de ladrillo y tierra cocida. Los terminaban construcciones minuciosas, revisadas año tras año: nidos de cigüeña.

A cada tarde contemplaban el disco grave, el último reflejo sobre el horizonte. Se vestían con sacos de yute.

Afganos sarnosos seguían a la Tremenda. Las mujeres mordían la tela de sus velos. Locos y derviches recitaban al revés las suras. Vendedores de turrones, con bandejas horizontales en la mano derecha, custodiaban el catafalco, que envolvía un terciopelo negro. Bigotudos de ojillos cuneiformes blandían lanzas, que apoyaban en los pies fuertes.

El patio era vasto, árboles torcidos y cremosos, cuervos.

La Tremenda dio zapatazos de dos tonos y tacón alto sobre la tumba, para que se hunda. Se acostó en un tapiz blanco, rodó varias veces, hasta que el montículo quedó aplanado. Se levantó canturreando.

Gemelos islámicos embalsamados: así, bajo minaretes, quedaron el enano y el hijo caudal de la Tremenda. Santos coránicos, juntos y enlazados, hundidos entre pozos de petróleo, escuchando el rumor de las palomas; los pies cifrados de letras de oro.

Adoptaron otros dioses, águilas. Mimaron ritos hasta la idiotez o el hastío. Para demostrar la impermanencia y vacuidad de todo.

Impreso en el mes
de diciembre de 1981
en los talleres de
GRÁFICAS DIAMANTE,
Zamora, 83, Barcelona